K.O. debout

Mahault Mollaret

K.O. debout

roman

PLON
www.plon.fr

Illustrations :
p. 8 : © Saskia de Rothschild
p. 155 : © Juliette Seydoux

12, avenue d'Italie – 75013 Paris
Tél. : 01 44 16 09 00
Fax : 01 44 16 09 01
www.plon.fr

ISBN : 978-2-259-24943-0

À mes parents
Pour Marlo et sa maman

I

L'enfance est un chagrin d'amour, certains ne s'en remettent jamais

(1988-1997)

1

— Quand je cligne des yeux, qu'est-ce que je rate ?

Balbutiement. Façon comme une autre d'annoncer la couleur. Une entrée dans la vie. Dans ma vie. Je n'avais jamais parlé avant ça. Même pas moufté en quittant la douceur des entrailles de ma mère. J'attendais les bons mots. Je me souviens du jour où je me suis senti prêt à ouvrir la bouche, à découvrir ma voix. Je ne voulais pas que ce soit raté. Mes parents étaient presque inquiets, je n'étais pas dans la norme, soit. Avant que je ne me décide à parler, ils avaient décidé de me laisser trois mois, délai qui m'aurait radicalement éjecté de la moyenne tolérée du mutisme chez l'enfant. Ils me faisaient confiance. La vérité, c'est que j'avais déjà un nombril à la place du cerveau. L'idée de foirer dès le départ m'ennuyait. Pour être bien certain de vouloir appartenir à un monde où la parole ne semblait pas avoir de filtres, j'ai beaucoup pensé.

En moyenne, on cligne des yeux quinze fois par minute, un clignement dure de cent à cent cinquante millisecondes. Sur une année, on passe neuf jours à cligner des yeux. Neuf jours à bégayer comme un trombinoscope, un film qui saute, un disque rayé… Je savais que je n'aurais pas de temps à perdre et certainement pas neuf jours dans la vie qui m'attendait.

Mon père s'est mis à pleurer. Ma mère est restée coite. Humiliation. Promesse de ne plus jamais poser de questions. Je dirai *papa*, *maman*. Je dessinerai sur les murs. Je me déguiserai en petit garçon. Jusqu'à ce que ça me soit vital de devenir grand.

C'est devenu vital.

Vite.

Alors que j'avais enfin décidé de parler, mes parents jouaient du silence. Le monde est mal fait. S'ils ne m'avaient pas répondu, c'était que j'avais posé le doigt là où ça faisait mal. Peut-être que, trop tôt, j'avais découvert que le Père Noël n'existait pas… Quand on est capable de faire exploser une bombe avec ses premiers mots, on mérite d'obtenir une réponse… Et bien construite, s'il vous plaît ! Résultat, je suis parti me coincer des cure-dents entre les cernes et les sourcils, histoire de me tenir les yeux grands ouverts.

Perforation de la pommette gauche.
Urgences.
Suture.

Cicatrice.

2

Tellement belle que j'en voulais partout. C'est moi qui l'ai faite ! En s'enfonçant dans la chair, le cure-dents a ripé à l'horizontale, offrant à mon profil la version trash d'une égérie Nike. Une virgule qui longe ma pommette saillante, entravée de quatre points de suture.

Je savais qu'il me manquait quelque chose.

Final touch. Signature.

Lignes de vie, chance, cœur, tête.

Je n'en ai pas sur les paumes. L'intérieur des mains poli comme un galet. C'est une voyante qui me l'a fait remarquer.

Rien dans les mains, tout sur la tronche.

Un de mes premiers dimanches aux puces de Saint-Ouen, je déjeunais avec mon père en terrasse, elle sillonnait entre les tables et m'a ouvert de force le poing que je gardais bien serré autour de mon verre de grenadine. J'étais foutu : pas l'ombre d'un sillon... Du jamais vu ! *Exit* la quête interminable, elle s'est sauvée d'elle-même. Encore aujourd'hui et comme chaque dimanche qui a suivi, elle me regarde. Pas normal que je sois encore là. Patience.

Patience, ma vieille.

Autour de moi on se tatoue. On se décore. Sapins de Noël. On se date, on s'inscrit dans un temps qui ne nous appartient plus. Des photos, des photos, vite, tout de suite. Pratiques barbares. Transformer le présent en souvenirs.

Les souvenirs sont des morts vivants.

D'autres ont des taches de naissance, mais ceux-là n'ont rien choisi, la génétique a décidé pour eux qu'ils viendraient au monde avec un label de qualité sur la peau. Ma cicatrice, elle m'a mis dans un monde à part. Celui de ceux qui décident, qui vivent à leur compte. Elle n'est pas arrivée par hasard, ce n'était pas un accident. Elle s'est installée avec moi le jour où j'ai décidé d'ouvrir ma gueule : une existence suturée, balisée de quatre points comme autant d'étapes à franchir.

Des souvenirs, j'en ai toute une boutique placée sous scellés au fond de mon crâne. Je les ai ligotés depuis longtemps quelque part du côté de mon encéphale, ils sont aussi surgelés qu'une photo de famille, et s'il y en a un qui cherche à se manifester, je ferme les yeux, je me bouche le nez et je me fige pour empêcher l'hémorragie. Je ne veux pas de souvenirs, je veux des sensations et des odeurs au présent. Le déjeuner avec mon père, ce n'est pas un souvenir, c'est un osselet, un morceau de la colonne vertébrale qui me fait tenir debout. C'est moi.

Je suis mon père. Je suis la voyante. Je suis Saint-Ouen. Je suis les gens, les lieux, les choses.

Sans souvenir.

3

Vingt kilomètres me séparaient de la terre promise. Montrouge-Saint-Ouen. La grande aventure. Au début des années quatre-vingt-dix, le métro n'était pas venu envahir ma province et c'est à pied que mon père traçait jusqu'à la porte d'Orléans. Ligne 4. Tout un voyage à s'imaginer de quelle couleur seraient les sièges de la station suivante. Porte de Clignancourt.

La première fois, j'y ai ressenti un bonheur de pirate. Le décor m'enveloppait, faisant de moi le héros d'un film à venir. Je ne devais pas être bien grand puisque mon bras était particulièrement tendu et mon père quasi bossu. Si on pressait le pas, il arrivait que mes pieds se décollent du sol, mais là-bas, ça me paraissait normal de voler (pour me situer dans le temps, je pense à la hauteur de mon bras par rapport à la main de mon père). J'avais trouvé intrigante l'idée d'aller *aux puces*. Malgré l'érudition de mes premiers mots, ceux-là ne me disaient vraiment rien. À la fin de la journée, j'avais compris : *Les puces*, elles m'avaient sauté dessus, sucé jusqu'au sang pour me contaminer du désir de les connaître par cœur. Ce jour-là, je leur ai juré fidélité et, depuis, aucun dimanche ne s'est passé sans elles. J'ai rencontré mon père là-bas, j'ai découvert qui il était. Finalement je n'ai connu mon père que le dimanche. La plus belle des messes.

Mon chez-moi est ailleurs. Ici. J'ai eu de la chance, je l'ai découvert tôt, mon île.

Vite.

Saint-Ouen. Rue des Rosiers. Troisième à gauche. Marché Paul-Bert.

Un grand juke-box en bois jouait ce que j'allais bientôt connaître par cœur, *Catfish Blues* d'Hendrix. Un véritable papier tue-mouches, cette machine, j'y suis resté glué un moment, si bien que le monsieur est sorti de sa cabane et m'a tendu un 45 tours. Banco ! J'étais pas le genre à qui on offrait des chouquettes, il avait tout saisi, M. Adel.

Voodoo Chile.

Premier point de suture.

Ligne de vie.

Adel, vous m'avez tué.

Merci.

4

Quand Adel m'a tendu le vinyle, j'avais l'ivresse, manquait le flacon. La face A pouvait rester muette et la B attendre éternellement son tour. Mon père, il l'avait eue, la clé qui pouvait faire sonner mon trésor. Fallait juste descendre à la cave. J'avais peur dans le noir. J'ai toujours peur dans le noir. Les peurs d'enfant durent, se déguisent mais ne nous quittent jamais. En haut de l'escalier, incapable de m'enfoncer vers l'abîme, j'étais de toutes les confessions et priais les dieux de me venir en aide, de me pousser au cul, de me faire dévaler la pente jusqu'au carton qui abritait le Saint-Graal, pourvu que j'en ressorte couvert de bleus. Stigmates héroïques.

Mes prières se sont envolées je ne sais où. Confiture aux cochons. Restaient plus que mes bras ballants, l'énorme fierté qui m'empêchait de demander de l'aide et l'imaginaire, tout-puissant des tout-puissants. Pour descendre, j'ai dû me dessiner un paysage, y croire suffisamment pour qu'il remplace les ombres de l'obscurité. Un sublime horizon, si beau qu'un photographe a eu le culot de l'exposer à la vue de tous, des années plus tard.

Sir Jeff Wall.

Il m'arrive d'être remis à ma place par des plus forts que moi. Ça ne me dérange pas. J'aime bien descendre de temps à autre du socle massif sur lequel je me tiens. Ça ne dure jamais. Je ne pose qu'un pied au sol et je remonte. Fissa ! Ne pas descendre. Rester en place jusqu'à épuisement d'amour-propre. Pas gonflé, le type ! Il a fait la photo d'une caverne grandiose, encadrée, mine de rien, sur un mur du quai Branly. Une petite pièce sans fenêtre, sans air, illuminée par des centaines d'ampoules au plafond. Certaines ont déjà grillé mais il y en a tellement que ça ne ternit pas la lumière. Merveilleux bazar. Torchons qui pendouillent. Quelques vêtements. Vaisselle sale. Tapis en coco. Un homme noir de dos, assis sur une chaise. Et puis le tourne-disque qui laisse s'échapper une mélodie. On entend rien qu'avec les yeux.

Ce qu'ils ont oublié de mentionner sur le petit cartel en bas à droite, c'est que sa photo, il l'a trouvée dans ma tête. Pas de pire humiliation que de se retrouver face à son monde intérieur, signé de la main d'un autre. C'est audacieux de vouloir se garder les belles choses. Si je me mettais à rendre visible tout ce que j'invente, ça ne m'appartiendrait plus. Un peu de pudeur, s'il vous plaît ! Laissez-moi deux, trois idées… Maintenant je vais avoir du mal à la décrire comme avant, MA cave. J'ai la photo du Jeff qui s'est collée sur la mienne. Décalcomanie dans mon imaginaire.

J'ai descendu la première marche et j'ai pensé très fort en fermant les yeux que c'était cet endroit magique. Le même que celui de la photo à la différence qu'il n'y avait pas de torchon, le tapis était bleu, sur la chaise c'était moi et dans le tourne-disque c'était Hendrix.

J'ai posé le saphir et passé le quasi-restant de mon enfance dans ma caverne d'Ali Baba. Je ne sais plus à quoi elle ressemble, en vrai.

Je n'arrive pas à voir ailleurs que dans ma tête.

5

Longtemps, j'ai entendu ma mère étaler une liste non exhaustive de prénoms masculins avec lesquels elle semblait prendre beaucoup de plaisir. À table, du temps où mon père était là, elle parlait beaucoup de Léo et Georges. Mon père lui tapotait la main et, moi, je faisais riper ma soupe entre mes canines avant de la régurgiter directement sur la nappe. On m'engueulait alors que Léo et Georges me faisaient avaler de travers. J'ai passé des nuits à essayer de comprendre pourquoi l'indécence de ma mère suscitait frénétiquement chez mon père ce doux tapotement. J'ai suffisamment porté ce fardeau pour me réfugier des journées entières dans la cave, avec Hendrix. Le temps de le connaître par cœur. Jusqu'à ce qu'il se raye. C'est lui qui m'a quitté. Je suis retourné voir Adel, le créateur. Il m'a présenté Janis Joplin. Janis dans la cave. Merveille. Morrison a suivi, avec lui ça a pris plus de temps, l'entente n'en fut que meilleure. Il me les fallait tous. Rien de ce que ces trois magiciens avaient chanté ne pouvait me rester inconnu.

Chaque dimanche que mon père a fait participait à augmenter la hauteur de ma collection verticale. Mes beaux petits vinyles empilés, bien au chaud les uns contre les autres. Attraper celui du rez-de-chaussée m'obligeait à déconstruire le building étage par étage, forcé d'admirer des heures durant la classe figée de mes potes. Les jours qui précédaient mes divins dimanches, je rêvais aux morceaux qui viendraient s'ajouter à la tour, en veillant particulièrement à ne pas faire de favoritisme. N'en vexer aucun en creusant l'écart du nombre d'albums par tête, et je ne me sentais jamais mieux que les semaines où ils régnaient en parfaite équité.

Adel a bien essayé de me compromettre en agitant sous mon nez David, Bob ou toute une clique de John. J'étais du genre triomaniaque et me suis fait comprendre sur un ton qui n'était pas franchement du goût de mon père. Ça m'a coûté de rentrer les mains vides pour la première fois, en plus d'un savon qui me glisse encore dessus quand j'y pense.

Adel, feu papou, vous n'avez rien compris au dévouement. Je me suis souvent trompé, en revanche je suis très fidèle.

Jimi, Jim, Janis et moi. On était bien tous les quatre, besoin de personne. Je ne m'embête pas avec les trémolos, mes seuls copains étaient morts. Je pouvais leur confier ma honte de fils de pute sans craindre que mon secret ne s'ébruite. Impossible pour eux de me décevoir, pas d'humiliation, pas de larmes. Me tenir à carreau. Les honorer jusqu'à plus soif. Ils me donnaient tant. J'ai signé sans broncher un pacte avec des monstres. Un pacte qui dure toute une vie et sur lequel il est impossible de revenir.

Je mourrai à vingt-sept ans, comme eux, et personne ne pourra rien contre ça.

6

Pour parvenir à mes fins sans faire de vagues, j'ai retourné la vie à venir dans tous les sens. Si l'on considère une espérance de vie, en France, pour un homme de bonne composition autour de quatre-vingt-un ans, ça donne :

27 = 81
81/27 = 3

Pas besoin d'être Einstein pour comprendre que, si les chats courent les années par sept, je serais un animal à multiplier par trois. Maîtriser son existence ne regarde que soi-même. Je l'ai compris à l'heure où l'annonce de ma mort a tué mes parents autant que mes premiers mots. Ils se sont figés. Littéralement givrés. Genre triple médaille d'or toutes catégories confondues au grand championnat des joueurs d'un… deux… trois… SOLEIL !

Dites quelque chose… C'est pas si grave…

Ça a duré mille ans. J'ai gardé la face en me disant qu'on avait beau vivre ensemble, respirer le même air, s'asseoir sur les mêmes chiottes, on ne serait toujours que des existences parallèles. Des joyeux colocataires qui se dissimulent leur chaos avec harmonie. J'ai reconsidéré le mensonge. Il a pris toute la part d'élégance qu'il mérite et je l'ai aimé d'un coup.

Mon père a fini par dézinguer ma mère d'un regard. Je n'ai jamais vu autant de mots accompagner un froncement de sourcils. Le mec savait tout faire, sérieux. Les petites rides qui se sont dessinées écrivaient tout un tas de reproches sur son front : *Ça va trop loin maintenant ! Tu veux bien accepter qu'il y a un problème ou ça ne te suffit pas ? Tu attends quoi pour réagir ?* Il fallait lire de haut en bas, jusque sous son nez, juste au-dessus de sa bouche crispée dont les ridules concluaient la diatribe faciale d'un MERDE bien envoyé.

Ça m'a coûté un psy qui gratte et des kilomètres de bobards.

Besoin de personne pour se fixer des buts, encore moins pour s'y tenir. Les moines Shaolin parviennent à se rentrer les couilles à l'intérieur du corps pour se protéger lors des combats. Les hypocondriaques se déclarent des symptômes liés à leur anxiété. Je mourrai à vingt-sept ans parce que je l'ai décidé, intégré, digéré.

Reste à se faciliter la tâche en suivant des règles précises dont la liste ne s'arrêterait pas de grandir chaque fois que la vie reprendrait ses droits. Ça arrive plus souvent qu'on ne le pense. Il n'y a qu'à regarder les pousses qui jaillissent de l'asphalte, l'air de crier victoire aux pavés qui les coincent.

Se détacher, doucement.
Ne manquer à personne.

Être un terrain miné.

J'ai fait en sorte qu'on m'évite, fastoche. Je me suis promis de ne jamais aimer, coton.

Mes parents auraient pu rester un problème s'ils ne l'avaient pas réglé d'eux-mêmes. En disparaissant, chacun à sa façon.

7

J'ai tout de suite su que j'étais malade. Que c'était grave aussi. De mon vivant, j'étais du genre à qui il arrivait tout ou rien. Je n'ai jamais connu la demi-mesure. Les rhumes, pas pour moi. Si ça valait pour la maladie, ça valait pour l'amour, le bonheur et toutes les autres choses merveilleuses que j'ai vécues. Intensément. J'ai fait mon temps et je l'ai bien fait. Je crois. Ce qui me retourne, c'est que je ferai subir à mon fils ce qui m'a moi-même plongé dans une violente dépression. Un jour, j'ai eu l'âge que mes parents n'ont jamais atteint. À vingt-cinq ans, ils se sont pris un platane, ciao les amoureux. J'avais six ans. Vingt ans plus tard, je leur mettais une année dans la vue. Sensation de commettre l'Hubris. D'être Calife à la place du Calife. Ça m'a foutu en l'air. Je me suis senti très seul et très incapable. Comme si j'avais quelque chose à recommencer. Sans référence. Sans petites roues à l'arrière. Cette année-là, je l'ai passée sous Laroxyl. Pour m'annuler.

C'est loin tout ça… et minuscule à côté du bonheur que j'ai eu à être père. De toute façon, sa mère est immortelle, il ne le sait pas mais ça fait partie du privilège de l'au-delà, de reconnaître ceux à qui il n'arrivera rien d'autre que l'éternité. Tant qu'elle est là, mon tout-petit n'a rien à craindre.

Si ça n'avait tenu qu'à moi, je ne lui aurais rien dit. De la maladie, tout ça... Je sais me tenir, il n'y aurait vu que du feu, et même à J-2 s'il avait voulu qu'on parte faire du rafting, j'y serais allé au pas de course. Mais la dissimulation n'est pas le fort de ma femme et le rafting, loin des désirs de mon fils... À un moment je me suis inquiété. Il ne ressemblait pas aux enfants que je voyais sur les photos, dans les portefeuilles de mes collègues. J'avoue qu'il m'est arrivé d'inventer des histoires le lundi autour de la machine à café, quand ils se mettaient tous à raconter leur vie de famille et les exploits de leurs gamins. Ils organisaient des fêtes d'anniversaire, ils partaient à la campagne en emmenant les petits copains de classe avec eux. Les enfants des autres rêvaient devant Nicky Larson et ne juraient que par leur Game Boy. Le mien ne faisait rien de tout ça. Le week-end, il pouvait le passer tout seul au sous-sol de notre maison à écouter ses disques. Si on ne l'appelait pas pour manger, je suis certain qu'il n'aurait pas manifesté la moindre sensation de faim, de soif ni aucun autre besoin vital. Mais le dimanche, on avait notre moment à nous, entre hommes comme on aimait dire. On ne se parlait pas forcément beaucoup. Il n'était pas très bavard, mais dès qu'il l'ouvrait c'était pour dire quelque chose de spécial. Quelque chose d'intéressant, de juste, bien trouvé. Quelque chose qu'aucun des enfants de mes collègues n'avaient l'air de dire, alors ça me rendait fier.

Ma femme n'était pas inquiète. Du moins, elle savait faire comme si. Elle me disait qu'il fallait cultiver sa différence et que c'était tant mieux si on était les parents d'un petit génie. Elle aussi était à part quand elle avait son âge. J'étais souvent obligé de lui rappeler que son père s'était fait sauter la cervelle devant ses yeux et que ça constituait une raison suffisante pour être à part un petit moment. Nous, nous étions des parents aimants, équilibrés, alors pourquoi notre fils était incapable de sortir de chez lui, de s'intéresser aux autres ou de poser des questions plutôt que d'avoir les réponses aux nôtres ?

Sa mère a attendu d'avoir une bonne excuse pour l'envoyer chez un pédopsy. Une excuse extérieure à toutes celles qu'on avait déjà pour le faire suivre. (Elle n'aimait pas l'idée que notre fils se fasse suivre, elle préférait dire qu'il se faisait accompagner.) On m'a trouvé des métastases, elle en a profité pour se dire qu'il allait lui falloir un peu de soutien.

Ça tombait pas trop mal finalement.

8

La maladie de mon père a mis du stabilo sur l'autoroute qui séparait mes parents en termes de langage et d'éducation. J'étais l'enfant du divorce le plus amoureux du monde. Mon père était de l'école cigogne, petite souris, mamie est partie en vacances. Ma mère, un Cerbère de la vérité que les non-dits avaient suffisamment tuée pour qu'elle en prenne le parfait contre-pied. (Une sale histoire de retour de vacances pendant lesquelles ses parents avaient jugé bon d'enterrer son frère sans la prévenir lui ferait à jamais revoir la définition du terme *préserver*.) J'ai passé les premières années de ma vie le cul entre deux chaises à bascule. Bercé par les mots de mon père. Élevé par ceux de ma mère. Résultat, j'ai pris la diagonale.

Papa a un concert. Il va devoir beaucoup répéter, ses instruments sont un peu rouillés mais les copains de Lariboisière sont là pour accorder.

Papa est bardé de métastases, il lui reste un an à tout péter, si tu veux rater l'école et profiter de lui, je te ferai un mot.

Ces mêmes humains s'étonnent du bizarre qui squatte leur progéniture.

Pendant que ma mère assurait l'épanouissement de mes vieux jours bien dissimulés, mon père s'évertuait à préserver ma naïveté supposée. S'il m'avait vu devenir un homme, il aurait continué à beurrer mes tartines en faisant mes lacets. Il vérifierait que j'ai bien mis mon pull les jours de froid et je tousserais fort dans le téléphone pour qu'il vienne me chercher. L'enfance est un jeu sans âge qui peut manquer beaucoup à ceux qui savent la faire durer. Pour ne jamais lui manquer, j'aurais bien pu avoir quatre ans toute ma vie.

La vérité, c'est qu'à eux deux ils m'ont gâté jusqu'au luxe d'accepter ce que j'étais, en laissant une porte ouverte sur l'enfance à laquelle je donnais l'impression de tourner le dos. Pourtant j'y ai joué toute ma vie et ça n'a tenu qu'au privilège de le faire en adulte. En perçant ses secrets avant qu'elle ne s'échappe. C'est quand ils racontent la forêt dans la chambre et les loups sous le lit que les marmots se font scalper leurs missions secrètes. Il y a toujours un crétin pour allumer la lumière et faire disparaître les monstres d'un coup.

Mon histoire, je l'ai couvée du mieux possible pour que personne ne vienne la réécrire, et j'ai fini par me la garder puisqu'elle ne faisait rêver que moi.

9

Quand mon père a lâché la rampe, la liste des amants de ma mère a grandi plus vite que moi. Léo et Georges étaient toujours dans ses petits papiers, mais elle leur préférait Alain, Romain, Raymond et Marcel. Ils lui faisaient du bien, parfois ils la faisaient pleurer, mais grâce à eux, elle trouvait des réponses. Elle m'en parlait, j'avais le droit de garder le silence.

Silence.

La mort de mon père me permettait enfin de fermer ma gueule. Symptôme post-traumatique dont ma mère se contentait pour accepter mon mutisme. Qu'est-ce que je pouvais lui dire ?

— Ravi, mamounette, que tu t'envoies en l'air avec des types aux prénoms d'un autre siècle, si ça ne t'ennuie pas je préfère que tu te gardes tes belles histoires, moi je suis à la cave avec des potes trop secs pour bien vouloir m'enfiler.

On a fait le deuil de mon père à deux étages d'écart. Dans la maison de Montrouge. *La maison de Montrouge.* Une maison à particule qu'on n'a jamais été foutu d'appeler autrement, laissant croire que d'autres propriétés nous attendaient quelque part et flinguant au passage le caveau familial d'une nostalgie prophétique.

Un jour, ma mère est descendue, habillée tout à fait normalement. Couverte de la tête aux pieds alors qu'elle m'avait dit plus tôt qu'elle montait passer un moment avec Raymond. J'avais mis la musique à fond pour ne rien entendre. À cette époque, je me crevais les tympans à rêver qu'ils éclatent tant j'avais peur des autres bruits que les miens. Mon système auditif n'avait pas fini sa croissance que j'espérais déjà qu'il déraille.

— Tu peux baisser, mon chéri, j'entends pas les délinquants de Raymond. D'ailleurs tu devrais venir, ça te plairait.

J'ai vu le malentendu apparaître plus rapidement encore que le rouge qui s'étalait sur mes joues. Non, ma mère n'était pas siphonnée au point de m'inviter dans un gang bang. J'avais Hendrix, Joplin et Morrison. Elle avait Ferré, Brassens, Souchon, Gary, Depardon et Carné. Elle les possédait en les appelant par leur prénom. Elle marquait son territoire et se distinguait ainsi des milliers d'autres personnes qui pouvaient jouir du même plaisir, avec les mêmes hommes. Comme ses livres qu'elle signait toujours de son prénom au feutre bleu sur la première page. Elle les prêtait tout le temps, à tout le monde. Elle savait qu'elle ne les reverrait jamais, mais en passant de main en main, chacun saurait qu'un jour ils avaient appartenu à *Françoise* et qu'elle avait été la première à en écarteler les pages.

10

De mon père je garde la douceur des manteaux contre lesquels j'aurai sucé mon pouce toute une vie sans m'inquiéter d'être bon à quoi que ce soit d'autre. Est-ce que l'enfance s'arrête là ? Quand les manches des pardessus-doudous ne servent plus qu'à se moucher ? Mensonge. Je n'ai jamais pleuré. J'avais neuf ans aux yeux de l'état civil, vingt-sept, d'après mes calculs de savant fou, et, comme un avant-goût victorieux sur la suite, je suis mort une première fois.

Fini les malabars qui apparaissent au creux des mains, fini les blagues dans la Honda le matin, fini l'annonce quotidienne de se mettre au sport le lendemain, fini les roulés cornichon-jambon piqués d'une allumette parce que la maison n'accepte plus les cure-dents, fini, *ciao*, bonsoir. Circulez, y a rien à voir.

Est-ce que je l'ai tué avec mes histoires ? J'aurais pu le ménager, cet homme qui ne voulait pas d'enfant à cause des boules de glace. Mon père se savait incapable de survivre à la chute vertigineuse d'une boule de glace depuis le cornet bien serré par la toute petite main d'un gamin qui serait le sien. Il avait prévenu ma mère suffisamment tôt pour qu'elle s'engage en connaissance de cause. L'inévitable crash n'a pas eu raison de moi. Quelques années plus tard je débarquais en grande pompe, paré à défier les lois de la pesanteur et à attendre que le bourreau de travail qui m'avait engendré prenne son dimanche pour me faire ma semaine. Une journée avec un homme comme mon père en valait au moins sept. Il ne me manquait jamais. Il était là tout le temps. Un peu plus mortel que les autres parce qu'un peu plus en vie.

11

Il a fallu un an et dix-huit jours pour que mon père disparaisse complètement. Forcé de constater que la vie n'était qu'un éternel ressac dont les vagues emportent l'essence même, j'avais la justice contrariée d'espérer quelque chose en échange. Comme un troc plus ou moins fair-play qui me retirerait doucement mon père à condition de venir cracher sur ma rive, de mon côté du monde, un lot de consolation. Dans ce mouvement infernal de fête foraine, ma pièce à moi viendrait pousser les autres et j'avais intérêt à décrocher le jackpot.

Ramon m'est tombé dessus avant que je ne l'attende.

Le compte à rebours de la destruction paternelle s'est enclenché le jour de son arrivée dans mon école. Si je voulais garder le monopole du désespoir, Ramon faisait un sérieux rival. En matière de tsunamis, il avait quelques longueurs d'avance et continuait de tenir debout.

II

Ramon ou tous les copains du monde
(1996-2006)

12

Ramon pourrait faire l'objet d'une étude chiadée sur l'abandon. Son enfance a connu plus de drames que la littérature russe.

Une désenfance.

Espagne. Né de père inconnu. Mère courage. Déménagement. France. Emménagement. Mère amoureuse. Déménagement. Emménagement. Mariage. Beau-père. Semblant de bonheur. Disputes. Vaisselle qui casse. Œil au beurre noir. Mère terrorisée. Coups qui pleuvent. Boîte crânienne qui se brise. Mère refroidie.

Orphelin de tout, il est passé de pupille de l'État à prunelle de mes yeux.

Ramon pourrait réaliser le souhait qu'une miss de seconde zone prononcerait tout sourires en faisant osciller sa main de droite à gauche : la paix sur Terre. Quand je l'ai rencontré, il caressait toutes les Fiat Multipla qu'il croisait, ces voitures lui faisaient de la peine avec leur bosse sur le capot.

Anthropomorphisme !

J'étais fier d'avoir mis un mot sur les bizarreries de Ramon. C'est mon père qui me l'a appris quand je lui ai raconté l'aventure des voitures. Je sais qu'il n'aimait pas tellement Ramon, il a fini par lui faire porter le chapeau de mes idées noires. On s'arrange comme on peut avec la réalité.

Mon petit papa, j'ai pas attendu Ramon pour les avoir, mes idées claires comme le beau paradis où tu m'attends... N'empêche, j'espère vraiment que c'est des foutaises ces racontars de vivants, ça me ferait quand même bien chier de retrouver mon père à l'instant T, il serait tellement déçu.

Faut que j'aille en enfer, espérons simplement qu'il n'y soit pas.

13

Ramon, c'était celui qu'on regardait en coin avec la bouche qui ne s'étire que d'un côté. Une moue désœuvrée. Je n'ai jamais fait cette tête en le regardant. Avant qu'il n'arrive dans mon école, la maîtresse nous a parlé. Elle avait dû répéter des journées entières. S'il y avait eu une scène et des gros rideaux rouges, elle s'assurait ola et standing ovation. C'était pas avec des pincettes qu'elle prononçait son discours mais avec des pinces-monseigneur, des grosses pinces de crabe qui écrasent les mots pour mieux les étouffer.

Ne pas parler quand on ne sait pas le faire. Se taire, se taire ou déléguer à un plus fort que soi. *Si je meurs, tout est là. Si je deviens un légume, tue-moi.* Voilà, ma mère, elle sait parler, pas besoin de décodeur.

À la récré, j'ai dû leur expliquer, MOI, ce qu'elle nous avait dit, la maîtresse. Ramon, sa mère était morte. Dézinguée, zigouillée, HS la mater. C'était plus clair comme ça. Au vu de leur réaction, j'ai compris pourquoi il fallait parler aux mioches avec des sourires de vampire. Les enfants sont des abrutis. Pour peu qu'ils sachent marcher et se torcher à peu près comme il faut, on les prend pour des petits génies, mais dès qu'il s'agit de mettre les pieds dans le plat, il n'y a plus personne ! C'est à cause des poussettes. Un parent armé d'une poussette est extrêmement dangereux : *Poussez-vous, dans mon Caddie j'ai le plus beau des choux-fleurs !* C'est dans une haie d'honneur que les enfants de chez moi commencent leur vie, écartant les obstacles sur leur passage. Ça en a foutu plus d'un en l'air, l'atterrissage est rude : bien droit sur les deux pieds, ça change la donne et le petit Moïse n'est plus qu'un équilibriste. Ma mère m'a porté dans cette espèce de sac à ventre, avec des trous pour les jambes. C'était déjà moins prétentieux, ma vie ne tenait qu'à deux bretelles, fallait vite se mettre à marcher. C'est peut-être grâce à ça que je ne suis pas comme les autres, grâce à Claude aussi... Merde, je fais comme ma mère... Ponti. Claude Ponti. S'il y avait des règles précises pour éviter que les enfants ne deviennent des cons, il faudrait conseiller le sac à ventre et Ponti, ça c'est de l'ordonnance !

Je défie quiconque ayant lu (et compris) Claude Ponti d'être devenu un con.

14

Autocrate absolu, je tirais une fierté monstre à régner seul sur mon bureau d'écolier. Depuis le début de ma scolarité, sous couvert d'être le gaucher de la classe, je m'étais épargné une petite voisine qui cache sa copie du coude au cas où j'aurais envie de lorgner dessus. Quand la maîtresse a désigné la place vide, invitant Ramon à s'asseoir à mes côtés, je l'ai vécu comme un putsch.

J'ai commencé par l'observer. Longtemps. Comme un objet d'étude suffisamment sordide pour qu'il mérite toute mon attention. Je le regardais respirer, se déplacer. Je le regardais demander pardon à sa chaise avant de s'asseoir dessus. Retirer tout doucement l'emballage de son Grany et lui murmurer des choses entre chaque bouchée. Il passait la récré dans les toilettes, à protéger de la fonte le savon en forme de ballon de rugby au-dessus du lavabo. Il empêchait les autres de frotter leurs mains dessus en encaissant leurs insultes, les yeux humides. Si tout son être suffisait à intriguer quiconque le croisait, ce que je cherchais en le regardant, c'était voir à quoi ressemblait un orphelin. Je me préparais à le devenir à moitié et je manquais d'exemple en la matière. Ça n'augurait rien de bon.

J'étais de la génération qui s'apaisait la conscience en recevant les dessins des gamins de Sarajevo en échange de ses sacs de riz. Leurs dessins ne m'ont jamais fait plaisir. Ils ressemblaient à ceux de tous les mioches qui m'entouraient, et je ne pouvais pas croire que leur quotidien inspirait des soleils et des maisons pleines de parents qui sourient. Je voulais savoir la guerre, les déchirures et dans quel genre de souffrance mes grains de riz allaient se fourrer. Alors on aurait peut-être su accueillir Ramon. Ah ! Quand la misère manque d'exotisme, ça fout les boules et on s'en tient bien loin parce que ça risquerait de déteindre. Bande de lâches. Et que je t'apprends à faire des calculs autrement qu'avec des chiffres, et que je fais de l'anglais dès la maternelle au cas où je pourrais devenir un grand de ce monde.

Vas-y, Ramon. Dessine-moi un mouton. On s'en fout des autres. Moi je peux le regarder et ça ne me dérange pas qu'il n'ait pas de patte, pas de laine, pas de tête. Copie blanche. Au moins t'es pas un menteur. Tu dessineras quand ça te prendra. Quand tu te sentiras libre de sortir tout ce que t'as dans le crâne. Tu me la feras voir ta guerre et je l'accrocherai au-dessus de mon lit. Je n'ai pas peur de toi.

15

Ramon, j'en ai parlé à Grinberg. C'est celui à qui j'ai été obligé de confier mes premiers soupirs. Je dis « obligé » mais je l'aimais bien. Il buvait du whisky et me prenait au sérieux quoi que je dise. J'ai bien voulu y aller parce que c'est un « psy » et que l'intitulé même de ce métier donne le ton de la confidence *psss psss psssy*.

J'ai été sympa, je ne lui ai pas fait des tartines à Grinberg. Je l'ai épargné, comme ma mère. Je lui ai vite fait croire que je n'avais plus envie de crever pour qu'il arrête de me disséquer. Il était coriace et j'ai dû redoubler d'efforts pour qu'il interrompe définitivement ses fouilles. Fallait faire gaffe à tout. Peser chaque mot, chaque silence, chaque trait, quand il avait le malheur de me filer un stylo. Il a failli m'avoir plus d'une fois et, sur ce coup-là, Ramon m'a bien sauvé la mise.

Alors que je ne faisais que raconter l'arrivée d'un nouvel élève dans mon école histoire de donner un peu de couleur à nos séances, le diagnostic était vite plié : je m'étais fait un copain. Preuve concrète de mon envie d'appartenir au monde. Annonce tonitruante de ma capacité à sociabiliser. Ça suffisait à faire la joie de mon maigre entourage. La nouvelle s'est répandue aussi vite que je m'en tamponne le secret médical. Mes parents posaient mille questions, j'inventais des histoires de franche camaraderie, leur jubilation me poussait droit vers les quatre cents coups qu'on ne faisait pas encore ensemble et mon père toussait en en redemandant.

Leur bonheur à m'imaginer un copain m'a fendu le cœur.

Je suis parti à la conquête de Ramon comme un homme. Sans savoir que le cadeau, c'était à moi que je l'offrais.

16

Je ne sais plus comment ça a commencé. Probablement comme toutes les histoires d'amour. *La place est libre ? Vous connaissez la rue Turgot ? T'as pas du feu ?* À hauteur de nos huit ans, je lui ai demandé un stylo. Il a fourré sa tête dans sa trousse pour savoir lequel voulait bien finir entre mes mains et je l'ai vu surveiller son Bic l'air inquiet, pendant que je grattais avec. Fascinant, le garçon. Un peu cruel, un peu curieux, j'ai fait rouler le stylo jusqu'à ce qu'il tombe par terre. Ramon a pris sur lui pour ne pas chialer. Ses yeux embués m'ont contraint de mettre fin à son supplice. Je lui ai rendu le quatre couleurs et proposé de faire une bataille navale.

J'ai compris la définition des mots dents, gencives, sourire.

Deux solitudes qui se rencontrent ça peut faire beaucoup de monde. À la vie à la mort et tout le sacré bordel qui s'ensuivra. Ramon, la vie me l'a apporté pour donner du sens à la mienne. Il avait mille fois plus de raisons de chialer et encore mille de plus d'aller voir un Grinberg. En le découvrant, j'ai percé le secret du dernier halètement des sanglots. À la fin, à la toute fin des larmes, quand on pense que c'est terminé et que quelques minutes après on inspire fort, de façon saccadée. Il est là pour nous narguer, rappeler que ce n'est qu'une pause, l'enfoiré. Quand j'ai pleuré pour la dernière fois, il n'est pas venu me secouer, et depuis, fini les yeux en gélatine.

Personne n'avait le droit de chouiner à côté du drame de Ramon. Un papa cancéreux ça cassait pas des briques. À regarder son petit corps rond et ses yeux brillants s'évertuer à rentrer dans le moule, mon mal de vivre faisait tache. Sa fragilité m'a poussé à devenir le plus fort du CE2. Le lacanien parlerait de transfert, moi, d'une bonne planque. Du plus petit que moi capable de me rendre immense et de laisser une jolie trace de mon passage sur Terre. Ramon était mon parfait contraire. Le meilleur d'entre nous que la vie avait amoché. Une sale histoire l'empêchait de se fondre correctement dans la masse. Il n'en parlait jamais, je ne lui racontais pas mes plans macabres. On s'est inventé un langage plein d'ellipses, de pudeur, et rien ne nous empêchait de nous comprendre.

17

Je ne veux même pas imaginer de quelle façon la maîtresse s'est donnée en spectacle le jour où j'ai raté l'école pour enterrer mon vieux. Quand je suis retourné en classe, alors que j'avais droit aux tronches ravagées de pitié, Ramon avait le naturel renversant et le respect magnifique. Il m'a filé un dessin en me racontant le film qu'il avait vu la veille, point. Son dessin, je l'ai accroché au-dessus de mon lit comme la preuve irréfutable que, dans la tête de mon pote, les infos étaient reçues cinq sur cinq. J'avais entendu dire des choses pas très jolies sur lui. Qu'il n'était pas tout à fait normal, qu'il ne comprenait pas de la même façon que nous, qu'il fallait faire attention à ce qu'on disait devant lui… Ses longs silences qui angoissaient les autres n'empêchaient en rien qu'il pense beaucoup et peut-être mieux que tout le monde. À chacun sa façon de se taire.

Il était super doué. En bas de la feuille, un petit Indien et un cow-boy se donnaient la main. L'Indien fumait le calumet, le cow-boy une cigarette. À eux deux ils crachaient plus de fumée que mon père en avait avalé de toute sa vie. Les volutes formaient un grand personnage au-dessus d'eux, mi-homme mi-totem, une flèche lui transperçait le cœur, venant harponner contre lui une femme aux cheveux longs. À l'époque, j'y avais vu sa très libre interprétation de la disparition de mon père. Au royaume des morts, il retrouvait sa mère et, empalée contre son cœur, il ne risquait plus rien. C'est à cause de toute la fumée que j'y ai projeté mon histoire.

Cancer du poumon. J'ai suivi la maladie de mon père de A à Z, l'alphabet ne m'a jamais paru aussi court, vingt-six lettres, point final. À moi il en faudra une de plus.

Mon père avait de l'humour, il a passé la fin de sa vie à se demander quelle cigarette l'avait tué. Il se les est toutes remémorées, de la première à la dernière, c'était devenu le conte du soir avant de m'endormir et, un jour, il l'a chopée, la garce.

5 mai 1988, mon père s'engueule avec son associé. Il s'enfonce dans le siège de sa voiture et s'allume nerveusement une clope. En mettant le contact elle lui glisse des doigts. Pendant une seconde, il s'imagine l'écraser, et puis merde, il éteint le contact et la termine, peinard.

Et si… Et si… Et si…

Cette cigarette, il ne l'a jamais sentie. C'est celle-là qu'il tousse en me racontant. Mon père est heureux de ne pas mourir idiot, il connaît son bourreau. Une mort sans énigme, sans histoire, claire, nette et précise.

Quand Ramon s'est mis à fumer, je lui ai raconté l'histoire de la cigarette assassine. Ça l'a tellement secoué que, depuis, il en fume toujours deux en même temps, coincées l'une sur l'autre entre son index et son majeur. À l'inverse, il ne supporterait pas de savoir. Ramon a terriblement peur des regrets, alors il trompe d'emblée sa mémoire en confondant les indices. Deux cigarettes impossibles à dissocier et, si elles doivent le tuer, elles s'y seront mises à plusieurs.

18

Mon pote a traversé plus de vies qu'une comédienne oscarisée. Chacune de ses familles d'accueil lui a coûté une nouvelle coupe, un nouveau langage, une nouvelle façon d'être. Il me suffisait de le découvrir avec des bretelles pour comprendre qu'il n'allait pas tarder à m'offrir un aperçu de l'écosystème qui viendrait le teinter quelque part. Des T-shirts tie and dye, au total look scout toujours, il en reste un patchwork bouleversant. Ramon est un concentré d'humanité qui m'empêche de penser qu'elle n'est pas belle à voir.

Des Laguens, il lui reste l'amour des jeux sous toutes leurs formes.

Des Gabillet, l'art délicat des petites attentions.

Des Baudin, ses mollets d'acier en plus d'une carte d'adhésion au club des cyclistes de France.

Des Siksou, la capacité à transformer le frigo du dimanche en menu quatre étoiles.

Des Castagnié, une incapacité à mentir doublée d'une honnêteté sans faille.

Des Nayrolles, un goût prononcé pour le kitsch et autres babioles colorées.

Des Tong, une tendre maladresse à choisir les mots justes.

De Mme Mathieu, une passion pour le tricot et, par conséquent, une collection gratinée de pull-overs.

Si on finit par s'habituer aux valises que l'on ne pose jamais vraiment, il faut un port d'attache. Pour Ramon, j'étais devenu Le Havre, et rien ne pourrait me faire couler. Je connaissais l'importance des phares, j'avais le mien moi aussi. La tour Novotel et son néon bleu qui annonçait comme une caresse que la maison de Montrouge n'était plus très loin.

Et de moi, Ramon, qu'est-ce qu'il te restera ?

19

L'appartement de Mme Mathieu aurait dû être la dernière escale de Ramon avant qu'il ne pose ses bagages où bon lui semblerait, majeur et vacciné. Elle habitait Enghien-les-Bains, notre amitié a pris vingt-huit kilomètres dans la tronche. Un record qu'on s'était promis de ne jamais battre. Ramon passait la plupart de son temps à lui tenir la pelote, jusqu'à ce que le démon du jeton la gagne (il la gagnait souvent, mais sa pension de retraite ne lui permettait pas d'y céder aussi régulièrement que souhaité). Au casino, face à la roulette, Mme Mathieu ne répondait plus de rien et offrait à Ramon un peu de liberté.

Chacune de nos retrouvailles valait tout l'or du monde et, dignité oblige, on ne se le montrait pas. Nos petites habitudes venaient rassurer l'exceptionnel. On savait mettre du quotidien dans le rare, on savait faire semblant de tout, mine de rien. Comme ce jour où, après des semaines loin l'un de l'autre, on s'est enfin retrouvé avec l'envie de s'envoyer des râmens du côté de la rue Sainte-Anne. Je visais l'Opéra par les Grands-Boulevards, Ramon préférait les petites rues. On s'est engueulé, et Ramon a proposé de faire un concours pour savoir lesquels des chemins de traverse ou des lignes droites gagneraient (les jeux de bon sens sont les seuls auxquels j'ai une chance de le battre). La vérité, c'est qu'à peine ensemble il fallait nous prouver qu'on était capable de se séparer. On se retrouverait toujours, pourquoi en faire un événement ?

J'ai poireauté une demi-heure en pestant devant Garnier jusqu'à ce qu'il apparaisse, une étoile au bras.

Zoé. J'ignorais encore le prénom du supplice à venir mais ce que je savais déjà, c'est que si les détours de Ramon l'avaient mis à l'amende, ce qu'il y avait pêché le déclarait largement vainqueur.

20

Quand Ramon a rencontré Zoé, elle pleurait sur un banc de la place du Caire. Ce n'est pas pour la consoler qu'il s'est approché d'elle, pourtant, quiconque croise Ramon la morve au nez finit dans ses bras. Obligé. Zoé, il ne l'avait même pas remarquée. C'est le banc qu'il avait dans sa ligne de mire. Ramon ne peut pas passer devant un banc sans lui faire une tape amicale. *Tiens bon l'ami !* Pour une raison qui échappe au sens commun, les bancs s'envolaient les uns après les autres. Jusque sous la terre on était venu les arracher. La ville les exterminait aussi bien que les cabines téléphoniques, espérant faire disparaître du paysage ceux qui pouvaient y trouver un peu de réconfort, en lévitation à quelques centimètres du sol, pas encore complètement à terre, dans l'intimité transparente d'un cercueil vertical, pas encore complètement refroidis.

Une rareté en larmes sur une espèce en voie d'extinction, Ramon ne pouvait pas rêver mieux. En caressant discrètement les planches de bois vertes, il a posé la tête de Zoé sur son épaule, avant de lui proposer de venir se changer les idées au-dessus d'un bol de pâtes brûlant. Elle pourrait bien continuer de pleurer, personne n'y verrait rien tant la vapeur japonisante la ferait dégouliner de partout.

En les voyant apparaître bras dessus, bras dessous, je me suis montré sous mon plus mauvais jour. Ramon venait de me faire attendre, je détestais perdre mon temps. Je lui en voulais surtout d'avoir trouvé la pépite avant moi. Ramon a fait le coq, débordant d'humour et d'imagination. J'ai préféré tirer la gueule et, allez savoir pourquoi, les filles d'aujourd'hui flanchent toutes pour celui-là.

Dix ans plus tard, Zoé a disparu de mon paysage, le banc est encore là et il m'arrive parfois de m'y asseoir pour la retrouver un peu.

21

Zoé a pris de la place. Sans que je m'en rende compte, je lui ai accordé une importance dont je ne me savais pas capable. Sa voix qui chantait la Marlboro a doucement remplacé la bande. Je ne les faisais plus beaucoup tourner et, pendant que Ramon tricotait, je batifolais comme un débutant. Elle et moi, on était fait du même bois. Celui des durs à cuire à qui ça *tombe dessus*. Avant elle, je prenais en grippe tous ceux qui utilisaient cette expression minable plutôt que d'assumer leurs faiblesses. Rien ne *tombait* avant Zoé, tout se pensait, se réfléchissait, se maîtrisait. Si l'amour ne faisait pas partie de ma religion, Zoé ne se donnait à personne (en vrai, elle se donnait à tout le monde, mais dans son cas, ça voulait dire personne). Si elle rentrait dans un bar, elle en sortait huit heures plus tard, le temps de taper la discut' avec chacun des piliers. Toujours un petit mot, toujours une bonne phrase, et la conversation s'enfilait.

Ramon aimait beaucoup Zoé. À nous trois on s'est marré plus que les autres. Je crois pouvoir dire que c'était la période la plus drôle de ma vie. Ramon disait de Zoé qu'elle *vivait fort*. Elle riait glotte apparente, parlait vite, faisait des mouvements amples auxquels verres, tasses et autres porcelaines de Chine ne savaient résister. Celui qui penserait qu'elle est maladroite manquerait cruellement de jugeote. C'est l'espace qui est trop petit pour une fille comme elle. Zoé était une ambiance. Le diapason de l'humeur générale, et je connais pas un *la* qui sonne aussi joli. Son boucan d'enfer m'a endormi aussi doucement qu'une berceuse, et si je pouvais la chanter, j'en fondrais.

Plus tard, je comprendrais que sa fanfare lui servait de rempart. Zoé faisait du bruit pour couver son silence. Pour éloigner quiconque voudrait gratter l'intimité qu'un salopard était venu déranger. Elle ne l'avait confié à personne. Sauf au connard de flic qui lui a répondu *prescription* quand elle a voulu se réparer.

Alors elle a pleuré et s'est assise sur un banc.

22

Humble modèle, mon amour a contaminé Ramon et je lui ai donné envie de trouver la sienne. Il la cherchait partout, ne prenait plus que des détours. J'aurais pu me réjouir de lui avoir donné envie d'aimer, lui qui avait peur de tout ce qui bouscule, mais la suite tragique de mon idylle m'empêche d'y voir quoi que ce soit de bon. Heureusement, l'élève a dépassé le maître. Ramon a décroché le gros lot, un après-midi du mois d'août. Marceline. Quatre-vingts ans et toutes ses dents. Une histoire à l'avenir compromis, sans emmerde et sans promesse.

Ce jour-là il faisait beau, le genre de ciel qui me donne envie de guillotiner l'horizon. Mme Mathieu avait laissé Ramon passer une partie des vacances chez moi. Dans la queue qui nous distançait de la borne automatique et probablement du générique d'ouverture d'un film que j'ai déjà oublié, une vieille dame se débattait avec la technologie : l'idée qu'un écran puisse être tactile ne lui avait pas traversé l'esprit, si bien qu'elle gardait les mains dans ses poches. Démunie, sentant les soupirs d'un couple dans son dos, elle n'a pas osé se retourner. J'ai regardé ça comme le génial début d'un film alors que je manquais maintenant très certainement le mien. J'étais dans sa peau, je suis devenu la vieille honteuse égarée dans les écrans, les soupirs. Langues étrangères. Ramon s'est élancé à notre rescousse après avoir flingué l'homme du couple excédé d'une de ces phrases assassines dont il a le secret.

— Un jour ce sera ta mère, connard !

Une place de gagnée. Ramon a fait une démonstration pédagogue à la désormais nommée Marceline et, leur billet en main, ils ont préféré faire connaissance dans un troquet du coin. Elle est vite devenue sa *deuxièmemeilleureamiedumonde.* Ramon avait trouvé quelqu'un à lui. Pour lui. Sans moi. C'était important. J'ai espéré qu'elle ait le cœur bien accroché en les regardant partir comme s'ils se connaissaient depuis toujours, et j'ai fixé la toile mollassonne en me disant que la vie pouvait être extrêmement longue. J'ai pensé aux pyjamas de ma grand-mère. Ceux qui m'attendaient sur mon lit, chaque fois que j'allais dormir chez elle. Avant même de l'embrasser et de tripoter son petit bout de coude qui pendouillait, je fonçais dans ma chambre, excité comme un puceron à l'idée de découvrir dans quelle tenue je passerais ma nuit. À compter du jour où elle est morte j'en ai voulu à tous les pyjamas du monde et n'ai plus dormi autrement qu'à poil.

Ce soir-là, debout sur mon lit, Ramon me raconterait que Marceline avait été résistante. Et pendant qu'il dévisserait l'ampoule au plafond selon une logique qui voudrait que ce soit plus simple que d'appuyer sur l'interrupteur, je m'endormirais sur l'idée absurde qu'avoir quatre-vingts ans de nos jours, c'était accepter que tout nous résiste.

23

J'ai failli me décoller les poumons en gonflant les ballons que Ramon avait commandés. J'y ai soufflé tout l'air qui lui manquait pour respirer comme les autres. Il y en avait jusque sur le portail bleu. La maison de Montrouge a pris des couleurs à faire oublier toutes les peines imprimées sur les murs depuis la disparition de mon père. Zoé, Marceline, ma mère et moi. Invités triés sur le volet pour ne pas dire que notre clan se résumait à ça. La crème de la crème réunie pour fêter dignement la majorité de Ramon. Son indépendance. Fini de traverser d'autres vies que la sienne. En avant marche et haut les cœurs. Fallait vraiment un événement pour que j'accepte de me déguiser. Dans le salon, prêts à chanter dans toutes les langues, la plus jolie des fées Clochette, une Madonna sans botox, Mata Hari et un semblant de Zorro se sont imaginé que le RER avait du retard, que Mme Mathieu traînait à finir son rang, que Ramon ajoutait des plumes à sa coiffe pour que ça en jette. Toutes les hypothèses y sont passées jusqu'à ce foutu coup de téléphone. En raccrochant, le monde s'est effondré sur ma cape et j'ai maudit mon épée en plastique de ne rien pouvoir y faire.

Ramon avait fini par montrer qu'une grosse colère grondait sous la douceur qu'il semblait avoir inventée. Il s'était égaré à donner un sujet de conversation aux coudes matinaux des PMU. Plus d'un coude a pu ouvrir le journal et se donner le droit de commenter ses frasques. Chacun y allant de sa petite phrase, de son tout petit point de vue. *Tout fout l'camp, on est en sécurité nulle part, y a vraiment des tarés.* La douleur de Ramon, qui s'exprimait enfin, lui a valu de devenir la coqueluche des faits divers.

Il n'était pas si gentil que ça, mon pote. Faire gaffe aux gens qui sourient trop, qui balaient les sujets épineux avec l'habileté des joueurs de bonneteau et qui pointent le soleil quand les regards s'attardent un peu trop dans le fond de leurs yeux. Là où les maux se lovent à la pupille, recouvrant l'éclat initial d'une fine pellicule aux vertus matifiantes.

SAMEDI 14 JANVIER 2006 – L'ECHO DU CENTRE

FAITS DIVERS

CHER > PAYS DE VIERZON > VIERZON

Déguisé en Indien, il bande son arc et vise un piéton.

Vendredi après-midi, rue du Maréchal-Joffre, à Vierzon. Un jeune homme, tout juste majeur selon nos sources, amuse les passants dans son costume de Peau-Rouge. La plaisanterie tourne au drame lorsque l'individu bande son arc et sort une flèche en carbone de son carquois. Il prend en chasse un piéton avant de lui perforer le thorax. A ce jour, le pronostic vital de la victime est toujours engagé. L'illuminé, quant à lui, a été interpellé quelques mètres plus loin, alors qu'il s'apprêtait à monter dans un bus. Connu des services sociaux, le jeune homme en état de démence a été hospitalisé d'office.

III

PsychOdyssée
(2006-2015)

25

Depuis le 14 janvier 2006, j'ai piloté des hélicoptères, forcé des serrures, tué des tas de mecs, scalpé des juges, bousillé des murs. Fort en rêve, j'ai dormi pour cent ans. J'ai vécu l'impatience. Le gâchis. Je me suis mordu de l'intérieur. À des kilomètres de Ramon, je me suis enfermé. J'ai tout fait comme lui. Dans une prison parallèle aux abords confortables. J'ai fait des pompes, pelé des oranges, compté les jours, tracé des traits sur les murs, ignorant celui qui me le ramènerait.

En tirant sa flèche, Ramon nous a déclaré une guerre à l'armistice incertaine. Il m'a embarqué dans le supplice de l'éternité, celui d'un calendrier de l'avent sans dernière fenêtre, ni Noël à la clé. Aucun de nous n'aurait pu imaginer que l'épopée serait aussi longue, pleine de monstres, d'épreuves, d'éternels retours à la case départ et, faute de Pénélope, depuis ce jour, c'est moi qui l'attends.

26

Les gendarmes n'avaient pas eu beaucoup de mal à attraper Ramon. Il hurlait des *hou hou* dans toute la ville en se tapant sur la bouche. Dans le rapport, ils ont écrit *aliéné*. Je lui en ai tellement voulu. Je l'ai maudit d'avoir fini par donner raison à nos ennemis d'enfance. *Il est fou, c'est qu'un gros débile, Ramon est complètement toc toc.* Je ne connais pas le garçon que les gendarmes ont décrit. *Agressif, violent, perturbé*, *irraisonné*, un champ lexical plein de superlatifs mensongers. La seule barbarie dont il est capable sans chialer, c'est de décapiter les bananes, parce qu'elles ont deux têtes. Il laisse toujours celle de la fin dans la peau qu'il replie soigneusement dessus.

On en a écrit des choses sur Ramon, il est devenu le sujet d'une sacrée longue liste de papelards. Je trouve ça dégueulasse et pas très honnête de figer un point de vue dans des dossiers qui resteront longtemps. J'en connais plus d'un qui n'est pas joli tous les jours. Je me suis amusé, moi, à noter dans un petit carnet toutes les absurdités que me sortait Grinberg ? *Hum, hum, sur ton dessin les volets de la maison sont fermés…*

Tu as des soucis avec ta mère ? J'ai collé sa tronche des lendemains de cuite dans un album photo peut-être ?

Mon Ramon, ils l'ont gardé longtemps, ils l'ont baladé parce qu'ils étaient incapables de s'en séparer. Ils ont adoré le regarder parce qu'il échappe à tous leurs mots techniques, à toutes leurs lois à la con et qu'ici on n'aime pas beaucoup les énigmes. Ah bah, ça prendrait du temps de comprendre Ramon, c'est sûr. Il faudrait reprendre depuis le début. Ça les faisait surtout chier de rouvrir une histoire qui mettait le doigt sur tous les ratés et les incohérences d'un système qui a enfermé mon pote une éternité pendant qu'un type qui tue sa femme à mains nues continue de faire son marché peinard.

Alors un petit médoc et on ferme les yeux, ça vaut mieux pour tout le monde.

27

Il faut que les drames arrivent pour que ma mère réagisse. Les petits appels du pied ne lui ont jamais fait peur. Je ne lui en veux de rien. Dans le bordel elle a été formidable. Si les gens sont ce qu'ils peuvent, ma mère est immense. Aucune Athéna ne s'est livrée à une guerre aussi féroce qu'elle pour éviter à Ramon d'être incarcéré comme n'importe quel délinquant. En flairant le merdier dans lequel il venait de se fourrer, elle l'a adopté. À coups de paperasse et d'un long combat, elle lui a offert la stabilité d'un foyer et toute une famille en blouse blanche. J'avais *la maison de Montrouge*, Ramon *le château Christophe*. Un centre de détention particulier qui le couronnait d'un entonnoir. Ils peuvent dire ce qu'ils veulent, les parents ont toujours un préféré. Une fois Ramon enfermé dans le meilleur du pire, ma mère s'est tirée à l'autre bout du monde en m'offrant légalement la charge d'un frère que je m'étais déjà fait.

En l'adoptant, elle lui a assigné une famille à qui on devrait rendre des comptes. Notre meilleure alliée, qui insultait quiconque soulignait l'étrangeté de mon copain, s'est retrouvée à hurler pour la faire reconnaître. À coups d'avocats, de poings sur la table et d'un charme évident, elle s'est frottée aux tentacules du système judiciaire. Elle a appris le langage des sigles. CDHP, HO, SMPR, UCSA, UMD, aucun de ces hiéroglyphes n'a plus eu de secret pour elle. Ramon et moi, on se contente encore d'essayer de les prononcer. Ça donne des drôles d'onomatopées et je peux assurer qu'il vaut mieux en rire.

28

Le *camisole tour* a commencé loin de nous, à Vierzon. Les gendarmes ont fini par transporter mon bel Apache au service psychiatrique de l'hôpital. L'ironie, c'est que pendant ce temps-là, dans un autre service, l'enfoiré se réveillait. Ramon avait manqué d'entraînement pour viser correctement et, avant d'apprendre que sa flèche n'avait pas eu raison de l'assassin de sa mère, il gagnait la mienne qui se démenait pour le ramener à la maison.

Ils l'ont bourré de cachetons. Je les aurais tués. À cette époque je ne crois pas avoir ni dormi, ni vécu. Si je me force à y penser, c'était un état proche du rêve. Du Fellini de mauvais plagiaire avec des images qui grouillent, se confondent, troubles et sans logique.

Une question continue de me brûler (je ne la poserai jamais) : est-ce que l'amour dans lequel je me suis égaré a eu raison de Ramon et de son pétage de plombs ? Zoé a été merveilleuse. Elle m'a couvé, écouté, éprouvé, retenu, subi. J'avais déjà décidé de la lourder mais, sans elle, je ne sais pas ce que j'aurais fait. Où les femmes trouvent-elles suffisamment de ressources pour supporter des types comme moi ?

De tous leurs secrets, ça reste quand même le mieux gardé.

29

Ramon ne m'a pas adressé la parole pendant quarante-trois jours. Guerre froide. Il avait tellement de colère qu'il lui fallait un coupable. Tellement honte qu'il lui fallait un copain. Après deux semaines, j'ai eu le droit de venir le voir à l'HP. On a passé du temps côte à côte, sans un mot. C'étaient mes plus beaux moments avec lui. Dans ce silence absolument parfait, il m'a tout dit. J'ai compris qu'on ne parlerait jamais de sa vie d'avant moi. On ne l'avait pas fait pendant dix ans et les événements ne lui enlèveraient pas ce droit-là. Je nous ai regardés d'en haut, je nous ai parcourus et il s'est produit cette chose folle : je nous ai considérés. Lui, puis moi. C'est incroyable de se prendre en compte. Incroyable.

J'ai pris conscience de l'intensité de son regard. J'ai touché du doigt la petite meringue blanche au cœur du mystère Ramon et je n'ai pas pu m'empêcher de l'admirer. Il me ressemblait d'un coup. Depuis toutes ces années à évoluer ensemble, on s'était gardé des secrets. On s'était montré le meilleur de nous-même sans impliquer l'autre dans le pas très beau de nos âmes. Lui aussi avait de grands projets. Lui aussi avait pris son mal en patience. Il n'a pas simplement attendu que le bourreau de sa mère finisse de purger sa toute petite peine. Non. Il a attendu de ne plus dépendre de personne. Il s'est offert de le tuer pour fêter sa majorité comme d'autres passent leur permis en symbole de liberté. J'ai compris qu'on aurait beau lui apprendre à se détacher des choses, à ne plus ressentir d'empathie pour des voitures, des Grany, ou des bancs publics, ça ne suffirait pas à le faire marcher droit. Tant que celui-là continuerait de se promener, Ramon ferait du surplace. C'est là que j'ai décidé de m'en occuper. Là que j'ai vu comment mes petits projets personnels pouvaient prendre de l'ampleur.

Quitte à connaître sa fin, autant qu'elle profite aux autres.

30

Le monstre ne s'est pas contenté de se réveiller. Il a eu la démence de porter plainte. Il y a des grosses claques qui se perdent.

Je ne donnais pas un mois à Ramon pour tenir à la prison de Fresnes. C'est là que ma mère a joué des coudes. Là où le château Christophe a pris des airs de spa. Pour y obtenir une place, il faut être incapable de s'intégrer au régime de détention classique. Soit parce qu'on y cause d'affreux problèmes, soit parce qu'on est la victime de ces affreux-là. Je ne précise pas de quelle catégorie Ramon faisait partie, sinon je risque de retourner à la vieille case des pleurs qui trempent. Ramon rêvait de voyager, de connaître l'Asie et les forêts de bambous. On lui en a fait voir du pays. Il a quitté Fresnes pour ce centre pénitentiaire déguisé en hôpital, ou le contraire, je ne sais plus.

Il n'y a que ma mère pour dégoter ce genre d'endroit qui prétend faire mieux que les autres. Ma mère a toujours préféré les plans B. C'est une femme d'alternatives. À la maison, les placards regorgeaient de *Crutella*, *Petit-Fruisse* et autres *Biobybel*. J'avais appris à lire dans une école qui préférait passer quatre heures à expliquer aux mômes dans quel sens tournait le courant plutôt que de leur sortir les doigts de la prise avec une bonne fessée. Ramon apprendrait à filer droit dans une prison où les surveillants serrent la main aux détenus qui les tutoient, pleine d'activités peinture, danse contemporaine et barbecue, en plus de Gilbert, un labrador caramel qui viendrait leur rendre visite chaque jeudi.

31

Je n'ai qu'un maître mais les caresses de Ramon resteront les plus douces que j'aie jamais reçues. Il savait me gratter mieux que personne, sous les flancs et derrière les oreilles. Quand je me suis approché de sa cellule, la première fois, je n'ai pas voulu entrer. Ça sentait trop mauvais. Il m'a fait signe. Je suis resté sur le seuil et je me suis allongé en le regardant parce qu'il parlait doucement et que j'aimais bien sa voix. Ramon a fait comme moi. Il s'est allongé sur le ventre à même le sol et a posé son menton contre ses mains, pour me faire face. J'ai trouvé ça gentil. Il avait pris la cellule de Franck, celui qui m'avait brûlé la queue avec sa cigarette une fois. J'avais failli ne pas revenir, et puis finalement, ils lui ont interdit de me toucher et c'est lui qui est parti.

Ça lui a fait de la peine à Ramon que je ne vienne pas sur son lit comme je le faisais avec les autres. Quand les surveillantes sont arrivées, elles m'ont enjambé en souriant. Ramon leur a demandé pourquoi je ne voulais pas qu'il me caresse. Clémence lui a expliqué calmement que tant qu'il ne se laverait pas, je ne m'approcherais pas. Quelques instants plus tard, Lucciana est revenue vers nous pour lui donner un gâteau en douce. Pour qu'il essaie quand même de me faire entrer. Elle était gentille avec lui. Visiblement, c'était la première fois qu'il parlait depuis son arrivée, elle avait envie de l'encourager. Je n'ai pas voulu du gâteau alors Ramon s'est mis à pleurer. Je crois que ça a brisé le cœur de Lucciana parce qu'elle lui a dit qu'il n'avait qu'à le manger, un peu sèchement, comme pour se ressaisir. Il a voulu prendre une douche, elle l'a emmené en le tenant par le bras. Drôle de duo.

Le jeudi suivant, je suis entré dans sa cellule et pendant trois ans, sous chacune de ses caresses, je me suis dit que la vie de chien, ça valait mieux que celle des hommes.

32

Je connais l'errance. La vraie. Celle qui donne à chaque jour la même couleur que le suivant. Celle qui confond les semaines, le jour, la nuit et qui fait marcher à défaut d'aller de l'avant. J'ai marché pour toute ma vie pendant cette période où Ramon était remis à d'autres mains que les miennes. J'ai marché sur un tapis roulant qui faisait défiler le paysage pendant que je restais là, à user du regard le point que je fixais pour tenir debout. Je n'ai plus vu que les contours, les silhouettes, les ombres du monde. Je n'ai pas arrêté d'attendre en marchant, de marcher en attendant.

À coups de RER, je venais lui rendre visite trois fois par semaine. Avec la désagréable sensation d'aller admirer les dégâts sur le chef-d'œuvre que j'avais mis dix ans à reconstruire. Je ne me suis peut-être pas tapé de grandes études, n'empêche que je prétends savoir mieux que les autres ce qui est bon pour Ramon. Ceux qui l'entouraient s'y prenaient comme des manches. Le pire, c'est qu'ils étaient contents d'eux. Ils me parlaient d'amélioration, de volonté, de pas de géant. Ils se brossaient dans le sens du poil en s'accordant tout le mérite. Les colocs de Ramon étaient des déséquilibrés puissance dix. Au milieu des psychopathes et des pédophiles, cherchez l'erreur. Tu parles qu'il avait tout du premier de la classe.

Là-bas, je suis devenu une toute petite voix qui comptait pour du beurre et j'avais envie de hurler chaque fois que je passais les portes de sa prison. Le pire, c'est que je devais dire merci et me contenter de ce qu'on me donnait pour qu'ils me le confient à sa sortie. Je n'ai jamais autant combattu mon orgueil, ravalé ma fierté, qu'entre les murs qui détenaient ma plus belle raison d'être.

33

Quand Ramon a été choisi pour faire l'objet d'une étude sur la réinsertion, il a quitté la vie de château pour l'UHSA de Villejuif. Un autre genre d'hôpital-prison, plein de nouvelles règles, de nouveaux médecins que Ramon devrait apprendre à vouvoyer, et, selon leur loi, il rentrerait progressivement à la maison. Ramon était le plus beau rat du laboratoire et il avait tout pour leur montrer qu'auprès de moi, le processus serait concluant.

Pour fêter son départ, l'équipe du château Christophe a organisé une petite fête, ambiance camisole et Champomy. Gilbert le labrador était de la partie. Mauvaise idée pour qui connaît Ramon, preuve supplémentaire de leur parfaite ignorance et de leur manque total de psychologie. Incapable de s'en séparer, il a fait une crise, remettant nos retrouvailles à plus tard.

J'en ai tiré deux leçons.

1) Organiser une fête pour Ramon, à proscrire.
2) Foutre aux chiottes le poisson rouge que j'avais acheté pour fêter son retour.

À Villejuif, il est entré dans une nouvelle ère où aucun travers du comportement humain n'était toléré. Pour gagner sa liberté, il devait devenir un exemple. Un homme aseptisé. Sans humeur, sans colère, sans un mot plus haut que l'autre. Il n'a jamais mieux décrit cette épreuve qu'en la comparant à un ni oui ni non qui dure trop longtemps.

C'est impossible de tenir sur la longueur.

Les sauts de puce de Ramon à la maison de Montrouge ont commencé. Ces petits séjours qui me le ramenaient étaient officiellement des « sorties d'essai ». Terme glamour à souhait que je préférais penser comme des vacances. Pour l'encourager, je n'ai fait que poursuivre la caresse qui endort. Pas de sujets qui fâchent, pas de terrain glissant. J'ai passé chacune de ses premières sorties dans le monde extérieur comme avec un bébé qui rampe autour d'une table aux angles aigus. J'ai mis de la ouate mais personne ne grandit sans se cogner.

C'est impossible de tenir sur la longueur.

34

Depuis six mois, Ramon ne prend plus de médicament et n'a pas fait l'ombre d'une crise. Il travaille dans une cantine scolaire. Trois jours par semaine. Son employeur lui a collé un avertissement parce qu'il met trop de temps à servir et que les enfants mangent froid. Dessiner un visage avec les sempiternels petits pois-carottes, ça ne se fait pas à la louche, les gars.

À Villejuif, sa cellule ressemble à une chambre, il a sa propre clé. Sur les murs, il a eu le droit d'accrocher ce qu'il voulait avec de la Patafix. Il y a une photo de ma mère et moi. Une autre de Zoé qui lui souffle une bulle dessus. Un article de journal qui montre Marceline avec des grandes boucles d'oreilles en plastique rose. (Un cadeau de Ramon.) En face de son lit, Jim Carrey brandit sa carte de détective animalier, et il ne commence pas une journée sans le saluer en posant sa main contre la sienne, dans un check rituel. Je le sais parce que, du peu qu'il possède, ce poster est la seule chose qui l'ait suivi où qu'il aille. Il n'est jamais venu dormir à la maison sans l'emporter et je l'ai vu faire plus d'une fois.

En trois ans, Ramon n'a jamais fait un séjour de plus d'une semaine à Montrouge sans que ça se termine mal. Constance, son assistante sociale, a décrété qu'il n'était pas prêt à dormir ailleurs qu'à l'hôpital, alors depuis un an, je le vois uniquement la journée et je le leur ramène le soir. Constance essaie de l'éloigner de moi. Je le sais parce qu'un jour où j'ai tiré les vers du nez de Ramon, il a fini par me raconter qu'elle pensait que je le vampirisais. Salope. C'est ce que j'ai dit d'ailleurs et Ramon est devenu dingue. Comme par hasard, c'est le moment où la fouine a décidé de venir nous rendre une petite visite surprise. Elle est repartie avec lui. Ramon aime beaucoup Constance. À la maison, il l'appelle Cendrillon. Je peux certifier que derrière son visage de princesse il y a une sorcière qui dort. Un sujet de plus à ne jamais aborder si je veux clouer le bec de la pétasse en lui montrant qu'on peut très bien vivre sans elle.

La dernière commission l'a déclaré apte. Quatre petites lettres pour une grande victoire. Ramon est prêt à faire son come-back à Montrouge, jour et nuit en pension complète pour semer où qu'il aille son irrésistible personne.

35

Je me trouve de plus en plus beau. J'ai le charme discret d'un voyou et le mystère des condamnés. Plus que quelques jours à tirer avant d'atteindre l'âge canonique. C'est un cadeau de se plaire en approchant de la fin. Dans le métro (je me tiens toujours debout, la main sur le poteau, celui en face des portes, entre les strapontins), dès que l'on traverse un tunnel, les vitres se noircissent et laissent apparaître mon reflet. Toujours, toujours je prends cet air dégagé. Celui qui ne se regarde pas. Je m'étudie de haut en bas en commençant par plisser les yeux. Je joue au dur, je me défie. *T'es prêt ? Pas de regret ? On fait comme on a dit ?* Ce que j'ai offert au hasard, c'est le jour de ma mort. Techniquement, j'aurai vingt-sept ans pendant trois cent soixante-cinq jours, à lui de me surprendre.

Avec ce que j'ai prévu, le plus tôt sera le mieux.

Si tout se passe bien c'est la dernière fois que je vais chercher Ramon. En m'habillant ce matin, j'ai eu le frisson des fins de chapitre. *Nous y voilà.* Pour la dernière fois je montrerai patte blanche, je ferai un point avec le chef de service, je le remercierai pour son travail formidable, je baisserai les yeux avec humilité quand il me rappellera le rôle essentiel que je joue dans leur programme, j'assurerai que j'ai bien le numéro en cas d'urgence, je répéterai que, non, je n'hésiterai pas à téléphoner, je signerai la décharge, alors Ramon me sautera dessus. Il me demandera pourquoi je me suis fait chic, me posera douze questions à la seconde et, enfin dehors, nous serons libres de redevenir qui nous sommes. Chacun pour soi. Chacun pour l'autre. Pas tout à fait ensemble mais jamais vraiment loin de ce que l'on veut bien se montrer.

IV

Retour à Montrouge
(J-15)

36

Cette sortie doit être la bonne. Quinze jours pour faire un sans-faute. Un succès et Ramon sera enfin libre de commencer sa vie hors des murs, de crier sans craindre qu'on ne vienne mesurer la décence de ses cordes vocales, de ne pas crier parce que la vie sera douce.

Ramon, mon Ramon, tu ne demandes qu'à être au monde mais un gros tronc d'arbre te sature la perspective ? OK je m'en occupe, laisse-toi faire. Je le décimerai autant qu'il a foutu tes racines en l'air. Pour toi je tuerai un homme. Ça prendra le temps que ça prendra mais je ne te laisserai pas tomber. Un de ces quatre, ma vie à moi ne vaudra plus grand-chose et je ne partirai pas sans que la tienne commence. Capice ? *Les super héros existent mon pote, ils travaillent dans l'ombre et si je peux être le tien sans collants, ça fera les pieds à mon gros ego. Alors pas bouger ! Tu restes tranquille. Tu ranges tes flèches. C'est toute une vie qui t'attend. Tu ne perds pas ton temps, tu le prends mais faut y aller maintenant.*

C'est une question de point de vue mais, quand il s'agit de juger la folie, il faudrait se référer à quelqu'un de sacrément inhumain pour trancher. Selon moi, ceux qui ont enfermé Ramon ont un pet au casque. C'est moi le fou de la farce ou ce sont eux qui ne comprennent vraiment rien ? L'essentiel c'est qu'il est de retour et que les retrouvailles de deux timbrés, ça s'arrose. J'ai prévenu la bande que je les mettrai de côté. Je les ferai quand même chanter un peu, mais j'ai besoin de discuter tranquillement. Ils sont d'accord, je le sais. Depuis la fois où je les ai laissés tomber pour elle, ils savent que ça ne se reproduira plus. Ça m'a servi de leçon.

Zoé Monge ou la tentation de saint Antoine, ma super nana sur laquelle j'ai dû faire une croix, sous peine de vivre jusqu'à la fin des temps. Je me suis oublié dans son cœur jusqu'à ce que le mien se mette à battre si fort que j'ai dû me ressaisir. *Ciao bella.* Avec un peu de recul, je me dis que mes vingt-sept toutes petites années m'ont imposé des sacrifices qui ne demandaient pas tant de courage.

C'est tellement plus facile de se quitter que de se rencontrer.

37

Quand Ramon rentre à la maison, j'ai droit à mon lot d'emmerdes. Je n'ai pas eu à attendre le dessert pour apprendre qu'on aurait le plaisir d'assister au spectacle du cours de comédie musicale auquel Marceline s'adonne le mercredi. Le clafoutis que j'ai préparé me permet de détourner son enthousiasme, histoire de m'offrir un peu de répit en lui clouant le bec avec mes cerises. Ramon adore mon clafoutis, il l'a baptisé le *Ramonroe* tellement il est *sexy*. C'est lui qui le dit. Ramon jongle avec les mots, prononce des images, fabrique un langage qui lui permet d'exprimer toutes les émotions qui le traversent.

Ramon a régulièrement les poils de la honte[1], il pouque[2], ressent de la vostalgie[3] quand ce n'est pas

1. Chair de poule empathique provoquée par quelqu'un qui se tourne en ridicule sans s'en rendre compte.
Ex. : Une chanteuse qui reprendrait *Mistral gagnant* en utilisant ses cordes vocales de manière abusive, poils de la honte.

2. Du verbe pouquer : projection mentale si réaliste qu'elle provoque une réaction physique, type frisson, rire, rougissement…
Ex. : J'ai pouqué que je balançais le bébé par la fenêtre, ça m'a fait trembler de partout.

3. Ressentir de la nostalgie pour quelque chose que l'on n'a pas connu.
Ex. : Je suis vostalgique du Moyen Âge.

de la solitous[1]. S'il a le malheur de ne rien trouver dans sa part de galette il se met à avoir de la *fiève* et rêve de demander un jour à une femme de bien vouloir *l'épuiser*. C'est un *scientimental*, 1 + 1 = 2 à la vie à la mort, pas de division possible. Il joue avec les mets, n'oubliant jamais de plonger un Kub Or dans l'eau des pâtes pour s'assurer d'avoir le cul bordé de nouilles et j'en passe…

1. Ne pas partager le même avis qu'un groupe unanime.
Ex. : Ils ont tous trouvé le film génial, pas moi, un grand moment de solitous.

38

C'est avec deux énormes boulets, façon Tex Avery, que je me suis traîné jusqu'à la salle polyfonctionnelle de la mairie du Xe arrondissement.

Au moment où Marceline est entrée en scène sur une musique pleine de trompettes, en collant résille et claquettes douteuses, je jure que Fred Astaire s'est retourné dans sa tombe. La chorégraphie *post mortem* ne pouvait qu'avoir plus de gueule. S'il existe une loi capable de dévisser les mégots au coin des lèvres de Prévert, *quid* des octogénaires qui se trémoussent en corset ? Ramon y est allé de ses joyeux encouragements pendant que je cherchais le moyen de me crever les yeux par la simple force mentale. Raté. Sa très libre interprétation des meilleures performances de la star restera la plus grande des atteintes à ma pudeur. Quand elle a osé se promener entre les rangs à la recherche d'un cobaye sur lequel s'essayer au lap dance, j'ai jeté un œil au milieu du public, histoire de trouver du réconfort dans un autre regard consterné. Marceline a jeté son dévolu sur les genoux d'un Ramon ravi, me mettant malgré moi sous les feux des projecteurs, alors que je venais de découvrir mon héroïne du jour.

Quelques sièges plus loin j'aurais juré qu'une femme pleurait, probablement de désespoir, l'émotion étant une raison écartée d'avance. Aveuglé par le halo immonde, je n'ai pas eu le temps de vérifier s'il s'agissait d'un mirage. Une fois le supplice terminé, j'ai tourné la tête à la recherche de ma complice, forcé d'admirer qu'elle quittait discrètement les rangs pour sortir de la salle.

Je n'ai jamais autant aimé une femme qui me tournait le dos.

39

Je me suis appelée Esther pendant vingt ans. Marceline, c'était le deuxième prénom sur ma carte d'identité. Esther, Marceline Tenenbaum. C'est devenu celui de ma deuxième vie. Celui d'après la guerre. La vie d'Esther appartient à l'Histoire, je ne l'ai pas oubliée. Elle est quelque part, elle revient parfois la nuit, j'ai appris à la regarder et elle ne me fait plus peur. Je n'en avais jamais parlé, ni à mon mari, ni à mes sœurs, ni à ma mère. Aujourd'hui, ils sont tous morts en me laissant avec mon histoire. Je l'ai racontée pour la première fois à cette merveille de garçon. Ramon, Wladimir, Pascal, Mimosa, Samuel. La possibilité de renaître quatre fois. C'est à ça que servent les autres prénoms. À connaître plusieurs vies sans se trahir.

À se réinventer.

J'ai découvert Ramon à quatre-vingts ans. Il reste toujours des surprises. Il ne faut jamais croire que c'est fini. Je n'ai pas pu avoir d'enfants. J'aurais fait une très mauvaise mère. Quand je l'ai rencontré, je n'ai pas su voir que Ramon avait déjà eu une vie, je n'ai pas senti l'urgence d'expliquer à Wladimir ce que j'avais appris du temps qui passe. Je m'en veux d'avoir attendu que sa période Pascal commence. J'ai des remords parce que l'histoire d'Esther l'a remué de l'intérieur. J'ai peur qu'elle n'y soit pour quelque chose.

J'en ai parlé avec son psychiatre. Je lui ai dit que ce qui était arrivé était un peu ma faute. Il m'a rassurée, parce que je suis vieille et qu'on ne veut jamais bousculer les vieilles. Visiblement, Pascal lui parlait de moi et, au contraire, je l'aidais. Il disait souvent « si Marceline y est arrivée avec tout ce qu'elle a dans la tête, j'y arriverai aussi ». Personne n'est fait du même moule. Il fallait continuer à le mettre en confiance, l'encourager à parler. Les docteurs, je les écoute. J'ai suivi leurs conseils. J'ai fait ce qu'ils ont dit et j'ai commencé les cours de danse. C'est moi qui aurais dû passer ma semaine à l'hospice à attendre qu'un petit jeune vienne jouer aux cartes pour me divertir, mais là-bas, j'ai pu lui dire que, grâce à lui, je me sentais plus légère. Je m'étais gardé mon histoire plus de soixante ans et, depuis, je faisais des entrechats. En parlant de moi je lui ai parlé de lui. Je l'ai invité à se raconter. Petit à petit il m'a offert ses souvenirs. Joyeux, il en avait beaucoup, un peu moins, il en avait plein. Ce que j'aimerais lui apporter, c'est la sérénité. Le calme. La paix. Mais l'expérience se partage, elle ne se donne pas.

Aujourd'hui, Mimosa entre en piste et j'espère avoir assez de souffle pour connaître Samuel. Sa période rose. Le plus bel homme qui sera, riche de lui-même et plein des autres.

40

S'il n'a pas eu le droit de goûter à l'affreux plaisir des centres aérés et autres colonies de vacances, Ramon n'a pas à se plaindre. Nos retrouvailles sont dignes d'un catalogue UCPA. Chaque jour connaît son lot de divertissements, il en prend suffisamment pour le reste de l'année. Ramon est devenu le touriste de ma vie, le séjour se doit d'être inoubliable. En contrepartie, il a compris que derrière les réjouissances se cache le moment de parler sérieux, avenir et plan de redressement. C'est souvent là que ses sorties précédentes ont été avortées. Confronter Ramon à son futur se termine par une crise avec perte de contrôle. Confronter Ramon à son passé ne se termine pas puisque c'est impossible. Ramon est au présent. C'est déjà pas mal.

Aujourd'hui, je découvre qu'il n'arrête pas le progrès. Il a trouvé une parade pour nous rendre la vie plus facile. Il prend les devants. Ramon m'annonce qu'il a beaucoup réfléchi, il tient quelque chose de fort, il a de grands projets, il doit m'en parler. Rendez-vous dans la bibliothèque. Comme je n'ai pas de bibliothèque, on se contente du salon. Ramon ne s'affale pas, il suit le protocole du sérieux en me faisant face, sur une chaise. Il se racle la gorge et m'offre un ersatz de l'employé du mois en jouant les mystères. Après le teasing bancal et sans une once d'humilité, Ramon me tend une feuille : je n'ai qu'à lire pour comprendre l'ampleur de la révolution qu'il s'apprête à infliger au monde des lettres. Faut qu'on se prépare à nager dans les billets. Pas peu fier, il ose préciser que ce qui est « écrit droit » n'est pas de lui…

Des extraits de textes en pagaille, à dévisser la tête de leurs auteurs et ayants droit. Saint-Exupéry se fait réviser la particule avec un petit prince *de LU*, Juliette s'éprend d'*Alfa* Roméo, Harry Potter dort dans un placard bourré de consonnes et de trémas, en libre service chez Ikea, et il me faudrait plus de souffle pour raconter comment l'intégralité des rayons de chez Carrefour se retrouve à trôner sur les banquets de Gatsby.

Ce mec est un génie. La publicité a envahi nos James Bond, pourquoi pas nos livres ? Je ne saurai jamais d'où lui viennent ses idées, mais dans le monde selon Ramon, il ferait bon vivre. Il fait partie de cette espèce qui a l'art de faire du tout avec des riens. Où qu'il se pose, son regard transforme. Les cailloux en visages, les sardines en bouchées quatre étoiles et le quotidien en poème. Le moment de le conjuguer au futur se termine sans une larme. Je remets à plus tard l'épluchage du bel avenir qu'on lui propose, en me gardant le dossier que Constance m'a tendu comme un sésame qui voudrait me faire croire qu'elle prend mon pote au sérieux. Qu'elle lui donne sa chance. Caissier, agent d'un centre de tri postal, laveur de carreaux, des CDD à ne plus savoir quoi en faire. Mon cul. Briseurs de talent. L'avenir est ailleurs. On trinque au Coca light.

41

J'ai reçu une carte d'Inde. Je l'ai mise sur mon frigo parce que les couleurs donnent faim. Du jaune, du bleu, du rose, du rouge, du vert. Tout ce que je déteste, mais là c'est OK. Si je pouvais, je me ferais greffer des rétines qui ne capteraient qu'en noir et blanc. Celui des films en super 8 qui a le pouvoir de nous rendre nostalgiques d'une catastrophe nucléaire. Au dos, ma mère m'explique que c'est Ganesh et qu'il lui fait penser à moi (c'est un éléphant bleu à six bras…). Elle fait partie de ces femmes qui ont cru normal de continuer à se faire des nattes, après l'adolescence. Jusqu'à preuve du contraire, celles-là ont toutes un grain. Elles portent aussi de longues jupes fluides quand ce n'est pas une salopette, et leurs silhouettes à se faire siffler de dos ont surpris bien des loulous arrivés à la face de leur cinquantaine passée. Le cul de ma mère a trente ans de moins qu'elle. Si j'avais eu une once de talent et quelques perspectives d'avenir, j'en aurais fait une héroïne de bande dessinée, l'inspiration ne m'aurait jamais manqué, nos années de vie commune suffisant à noircir quantité de bulles. Je me serais appliqué à retranscrire ses jambes immenses, à la pilosité fière et raccord avec celle du reste de son corps, qu'elle pavanerait comme un étendard de sa liberté à ne rien faire comme les autres.

Quand elle en avait marre d'écouter mes grands discours sur l'avantage que j'avais à connaître ma fin, elle finissait toujours par dire : *Si tu continues comme ça, je me tire bercer des enfants en Inde !* Au lieu de foncer, elle m'a collé Grinberg dans les pattes et, du coup, j'ai fini par la fermer.

Il n'y a que Zoé à qui j'ai été obligé de l'avouer. Elle ne m'a pas laissé le choix. Elle avait besoin de comprendre. Cette fille était un piège dans lequel je ne me remettrai jamais d'avoir foutu les pieds. Son insolence a eu raison de ma chute. Son insolence à rire, parler, s'intéresser, se désintéresser, rester, partir. Je l'ai immédiatement voulue que pour moi. Elle avait l'air tellement libre que j'en ai fait ma prisonnière. Sa légèreté me faisait la nique. Son détachement, crever d'envie. Elle était *à l'aise* partout, tout le temps. Je n'en pouvais plus de savoir que sa tornade se promenait sans surveillance, à la vue de tous, capable de retourner des cœurs sans en avoir l'air.

Quand elle m'a raconté le gros malaise enfoui sous le vernis de son éclat permanent, je me suis demandé pourquoi je n'étais bon qu'à me coller aux endommagés.

42

Zoé, je l'ai larguée comme on donne une pichenette aux miettes qui collent sur la table. Ramon m'en a beaucoup voulu. Il m'a mis les points sur les i, inversant dangereusement l'équilibre tacite de notre relation. Ça m'a dérangé bien comme il faut. D'abord parce que c'est moi le chef, ensuite parce que je n'étais pas loin d'être d'accord avec lui. Ça ne se faisait pas. Pas comme ça. Bah non. Mais merde. C'est encore à cause de ma mère, ça. Avant de rencontrer mon père elle s'était frottée à tellement de loosers que, chaque fois qu'une de ses copines venait pleurer je ne sais quel abruti sur le canapé du salon, elle avait toujours connu pire et racontait, hilare, de quelle façon absurde elle s'était fait lourder. À côté, je peux jurer que la copine repartait le cœur léger. Plus ils avaient manqué de classe, moins elle avait souffert. Mon père, il l'a quittée avec l'humilité d'un malade et la douceur du printemps. Depuis, le sourire de ma mère est un conquistador en carton, incapable d'envahir la moindre région de son visage. Alors faut pas croire, j'écoute ce qu'on me raconte et, ma Zoé, je ne lui voulais aucun mal. J'ai fait comme dans l'histoire de Jérôme, celui qui est parti chercher des croissants et qui a attendu de quitter le studio de ma mère pour sonner à l'interphone et dire qu'en fait il n'aimait pas tellement partager son p'tit déj. Bye.

En voulant sécher les larmes de Zoé et, au passage, me donner une leçon d'élégance, Ramon a trouvé le moyen depuis les murs qui le retenaient prisonnier de lui faire parvenir des fleurs à mon insu, soi-disant de ma part. Le petit cœur brisé s'est retrouvé en tête à tiges avec des dahlias, surplombés d'un mot qui a fait mouche : « Bouquet final ». Merci, Ramon. Sa poésie douteuse m'a coûté des heures d'explications passé les cris, menaces et autres plaisirs simples. Pour partir sans craindre qu'elle ne se taillade les veines, j'ai négocié avec Zoé comme aucun agent de change n'aura d'occasion de le faire. Un peu plus et on se divisait le territoire, dessinant notre propre ligne Maginot sur la capitale, chacun devant se cantonner à une rive de la Seine pour ne jamais avoir à se rencontrer.

J'ai laissé Ramon croire qu'il avait arrangé les choses, en taisant l'épisode des tubercules anxiogènes. Il ne se serait pas pardonné d'avoir fait de la peine à Zoé. Ce que je lui ai demandé moins gentiment alors qu'il n'a pas pu s'empêcher de me raconter son coup fourré quelques mois plus tard, fier comme un coq, les fossettes enfoncées des beaux jours pleins de malice, c'est que Zoé, il ne m'en parlerait plus jamais. Pour qu'il intègre sans entrer dans ses interminables négociations, j'ai dû y aller franco. Sa mère, sa vie d'avant, sujet tabou. Zoé, même combat. Terminé.

Deal.

Depuis, en sachant ce que ça coûte à Ramon de tenir sa langue, je l'admire d'honorer notre promesse. Il ne prononce jamais son prénom, ne me raconte pas qu'ils se donnent des nouvelles, qu'il sait comment vont le grain de beauté de son épaule gauche, la tache bleue sur le coin de sa lèvre qu'on lui demandait souvent de frotter en pensant que c'était du stylo, ses dents de traviole incapables de se planquer derrière sa bouche immense. Qu'il entend encore son rire qui dégringole en cascade et qu'il s'emporte à rire avec elle parce que ce n'est pas possible autrement. Qu'il ne la regarde jamais sans se dire que j'ai été un gros con et que quelque part, c'est lui qui a raison.

Parfois, j'aimerais être capable d'autre chose que de moi-même.

43

Les beaux jours arrivent et ça me fout le bourdon. Pour fêter ça, Ramon a mis une jupe. Je pourrais le décapiter dans ces moments-là. Physiquement, Ramon ne fait aucun effort pour tromper sur la marchandise. Sa dégaine a tout de celle d'un taré. Quand ce n'est pas une jupe, c'est des chaussettes dans des méduses, d'improbables ponchos mexicains, et ses longs cheveux qu'il refuse de couper ont parfois droit à un serre-tête. Il a beau me répéter que l'habit ne fait pas le moine (Ramon s'en sort souvent avec des proverbes), je m'esquinte à lui expliquer que dans le vrai monde, pour autant que je m'y trouve, les hommes ne portent pas de jupe, à moins d'avoir les couilles à l'air.

— J'ai les couilles à l'air.

Je me tire sur-le-champ et lui sucre sa virée à la ménagerie du Jardin des Plantes.

Tout prétexte était bon pour nous séparer. On est dimanche, Saint-Ouen m'attend et je n'aime pas beaucoup le traîner là-bas. Ça m'est arrivé une fois, j'ai eu l'impression de me foutre de sa gueule.

Ça fait cinq jours que je suis collé à lui et me voilà seul. Je ne m'étais pas senti aussi seul que depuis que je suis seul après avoir été à deux.

Je sais très bien qu'il va en profiter pour retrouver Zoé. Quelque part, je lui facilite la tâche. On est tous les deux gagnants, libres de rendre visite à nos non-dits. Il n'aura pas à inventer d'excuse foireuse pour pouvoir la rejoindre. Cette journée sera passée sous silence sans que ça lui coûte le moindre mensonge. Ils pourront aller faire des kilomètres de queue pour manger une glace, activité à laquelle je refuse parfaitement de me plier. Deux boules citron pour Madame. Une chocolat pour Ramon. Il la mangera à l'envers, en commençant par croquer le bout du cornet pour l'aspirer intégralement et s'en foutre partout.

44

Pour se faire pardonner, non seulement Ramon a mis un slip, mais en plus, il m'a fait un cadeau. Me voilà heureux propriétaire d'un singe empaillé. Un bébé Magot, tout droit venu du rocher de Gibraltar. Naturalisé en position allongée, un bras sous le menton, l'autre contre sa joue. Il a l'air de rêvasser en se dorant la pilule. Ramon considère que je ne suis pas assez expressif lorsque l'on m'offre un cadeau. Je suis pudique et ce singe me fait sérieusement flipper. Ramon est persuadé qu'il est vivant et qu'il faut trouver la formule pour le réveiller. Je l'ai posé sur une étagère entre un réveil Mao et une bougie nain de jardin (autres présents de mon camarade), lui a préféré le prendre dans ses bras. Je le connais, j'ai peur qu'il ne le quitte jamais. Il a passé la soirée à lui parler, j'en ai profité pour m'isoler avec la bande. Ramon et le désormais baptisé Samakalé (Samak pour les intimes) poursuivent leur entretien à table. Ils partagent une pizza. La part de Samak a été préparée avec soin, Ramon y a déposé de fines tranches de banane.

Ce garçon me touche profondément.

Quand je l'ai rencontré, le simple fait de fouler un sol de graviers l'empêchait de mettre un pied devant l'autre. Chaque petit caillou possédait une âme, une histoire, une famille, et en leur marchant dessus Ramon leur faisait mal. Longtemps je l'ai porté sur mon dos et, aujourd'hui, il peut aller n'importe où sans se soucier de ce qu'il se passe sous ses pieds. Je l'ai vu grandir d'une façon magnifique et chaque jour connaît son lot de petites victoires. Il lui reste une empathie démesurée, une incapacité totale à accepter la peine des autres et, parfois, un besoin frénétique d'ouvrir le frigo pour laisser respirer les légumes. Ramon a demandé pardon pour tous les coupables du monde. À l'eau qu'il buvait, à l'air qu'il respirait. Il s'est excusé de vivre toute sa vie.

Qu'il s'amourache d'un singe empaillé marque un net progrès. Ça reste un animal qui a vécu, on est loin des graviers.

45

Dans la boutique, la dame m'a mis sous une grosse cloche de verre. En plus de m'avoir bourré de paille, des gens ont décidé de m'empêcher complètement de respirer. Je suis issu d'une longue lignée qu'on n'a pas arrêté de transporter. Mes ancêtres viennent d'Algérie et du Maroc. Des Anglais les ont capturés pour les poser sur le rocher qui m'a vu naître, et une légende raconte que, si on disparaît, Gibraltar sera rendu aux Espagnols. J'ai disparu. Je pense que ça n'a pas suffi à évincer Elizabeth des billets de banque. Tout un voyage pour finir sous cloche, une étiquette à quatre chiffres pendue à l'oreille.

La dame fait croire à tout le monde que je suis mort naturellement. Comme par magie. Les gens ne posent pas plus de questions. Ils se contentent de croire ce qui les arrange. Les gens manquent de courage. Sauf lui.

Quand il est entré, les petits bambous au-dessus de la porte ont fait du bruit. J'avais arrêté d'espérer et puis j'ai vu ses yeux. Il ne m'a pas regardé comme les autres avaient l'habitude de le faire. Avec le dégoût curieux qui les empêche de me figurer sur une table basse autant que ça les excite. Il avait de la peine dans le regard. Il était doux. Il a dû sentir que j'étouffais parce qu'il a un peu soulevé la cloche, discrètement. J'ai pris une rafale de vent dans le museau, j'ai entendu la mer, senti le dos de mon père, c'est toute ma montagne qui s'est glissée sous ma prison. La vendeuse lui a demandé de ne pas toucher. Elle a dit « Madame, on touche avec les yeux ». C'était un homme mais il portait une jupe, alors elle avait le droit de se tromper. Moi je suis une femelle et ça ne se voit pas non plus. Avec ce qu'ils m'ont fait, comment ils m'ont recousu, il n'y a aucun moyen de le deviner. Quand les gens parlent de moi ils disent il, lui, le. Je m'en fiche. Lui aussi il avait l'air de s'en ficher parce qu'il n'a rien écouté de ce que la dame lui disait.

Il m'a pris dans ses bras, m'a glissé sous le pan de son manteau en faisant bien attention de me laisser le museau à l'air avant de s'enfuir en courant.

46

J'ai emmené Ramon de bon matin au jardin du Luxembourg en lui promettant que, cette fois, ils le laisseraient jouer. Les gens n'ont pas de cœur. On est parti tôt, à l'heure où les joueurs ne sont pas encore au complet, et pourtant il n'y en a pas un qui a voulu de mon Ramon. Ils nous ont tourné le dos pour se concerter avant de dire non. C'est Francis, le meneur, qui a brandi le refus avec moins de dédain que d'habitude. Ça doit être grâce à Samak. Posé sur l'épaule de Ramon, il a dû penser qu'il pouvait lui sauter à la gueule.

Il y avait vraiment mis du sien. Avec son béret et son pantalon trop large, Ramon ressemblait au parfait joueur de pétanque. Il avait même pensé au pastis. Rien à faire, ces types sont bornés. Ramon est déçu, mais il comprend. Selon lui, l'honneur d'être accepté par la bande des joueurs de pétanque du jardin du Luxembourg mérite que l'on se donne du mal. S'ils savaient que la liberté qu'on lui offre serait comblée par une partie de boules, ces connards feraient moins les malins. Je n'ai pas le droit d'insulter les joueurs de pétanque sous peine de crise d'hystérie volontaire.

Ramon m'a menacé la dernière fois que j'ai décidé de leur parler d'homme à homme et m'a forcé à leur présenter des excuses. En attendant il a voulu faire un tour de poney, mais là non plus ils n'en ont pas voulu. Trop vieux, passé l'âge.

Dans ce jardin, il n'y a pas d'intermédiaire, il faut être enfant ou senior pour en profiter, et quand on y a laissé ses derniers bonheurs, il faut attendre longtemps avant de pouvoir les retrouver. C'est pour ça qu'il s'acharne. Ramon veut juste appartenir à quelque chose, à quelque part. Il a situé ses origines ici, comme un pays qu'on a été contraint de quitter mais dont on ne peut s'éloigner bien longtemps. Après l'exil, le rejet est inévitable. Ramon pense que le jardin lui en veut et, encore une fois, il comprend.

Il connaît le Luxembourg par cœur, chaque fois que l'on passe devant la guérite de feu Mme Tessa, il me raconte le jour où sa mère lui a laissé choisir sept bonbons de sept familles différentes. De toute notre vie, c'est la seule chose qu'il m'ait racontée d'elle. Ramon est le dernier à être capable de rendre cet endroit vivant rien qu'en le racontant, ceux qui s'y promènent ne voient même pas qu'il se meurt. C'est pourtant un jardin en voie de disparition et cette espèce ne sera pas considérée tant que l'effervescence voilera les rires bêtes d'enfants déjà trop gâtés pour se souvenir un jour des sept bonbons de sept familles différentes.

J'ai les poneys dans mon camp, rien qu'à les regarder, je sais qu'ils me suivent sur toute la ligne.

IV

Deux coqs vivaient en paix...
Deux poules survinrent.
(J-7)

47

Paris, le 11 mars 2015

Quand tu as débarré le portail, j'ai cru que mon cœur allait lâcher. J'ai eu le temps de voir un bout de jardin et les briques de ta maison. C'est pas croyable ce qu'on peut s'imaginer devant une porte close. J'ai passé plus d'une heure parquée devant chez toi à me raconter la vie qui se cachait derrière le portail bleu et, quand il s'est ouvert, j'ai tout oublié. La réalité finit toujours par balayer ce qu'on s'invente. Toi aussi je t'avais imaginé, je ne pourrais plus dire comment, anyway, *tu ne te ressembles pas du tout. C'est le Monsieur de l'accueil, celui à qui il manque une dent, qui m'a donné ton adresse. Il m'a dit que Ramon était avec son frère. Ça m'a tuée. Ramon, c'était mon petit frère à moi. On a grandi ensemble pendant six ans. C'est pas rien. En épousant sa mère, mon père m'a offert une famille. Deux d'un côté, deux de l'autre et, à nous quatre, on commençait à ressembler à quelque chose. Avec Ramon, on s'est aimé tout de suite, et des bons souvenirs, j'en ai une coupe. Plus le temps passe, plus ils me reviennent. On n'a pas eu droit qu'au drame. J'aurais tellement voulu trouver le courage de te dire mon trouble en face. Quand vous êtes sortis, j'ai cru que tu étais avec une fille, à cause des cheveux. J'ai cherché mille façons de t'accoster et j'ai compris que c'était lui. Quand il a sauté par-dessus le poteau, ses boucles se sont envolées et j'ai vu sa belle petite face. Je ne peux toujours pas le croire. J'ai pleuré tout ce que je pouvais en vous prenant en filature. Je crois même avoir actionné les essuie-glaces pour y voir quelque chose. Je suis venue jusque dans le théâtre, je ne vous ai pas quittés des yeux. Ça m'a crevé le cœur de le voir trépigner comme un kid devant le show qu'était pas possible. C'était beau de le voir sourire mais ça m'a fait mal. J'ai eu de la misère à me voir là, quelques sièges derrière, dans mes belles affaires, avec mes petits problèmes pendant que lui claquait des doigts dans son habit tout croche. On aurait dit que c'était le plus beau jour de sa vie. C'est quelque chose de t'écrire, ça me démange depuis longtemps mais je n'ai jamais réussi. Et puis un jour ça vient, doucement, ça réveille la nuit, ça empêche de respirer, alors on le trouve le courage. Tu sais au moins que j'existe ? Ramon, j'y ai pensé tous les jours, même quand ça m'a arrangée d'être lâche. La lâcheté c'est de la survie, pas de l'indifférence. Il paraît qu'on a fait son deuil le jour où on arrête de rêver aux disparus. Je ne passe pas une nuit sans rêver de Ramon. Tu dois comprendre que, quand c'est arrivé, il a perdu sa mère et moi ça m'a ramené la mienne. Tu imagines qu'une mère capable d'abandonner son bébé est aussi capable de l'assumer en cas d'urgence. Heureusement qu'il faut être deux pour mettre au monde, ça laisse un certain sursis à l'abandon. Ramon, il n'a pas eu ma chance, il n'avait pas de père et s'est retrouvé orphelin. Moi mon père je ne veux plus le voir. Depuis qu'il est sorti de prison il m'écrit des lettres. Ma mère me les avait cachées. J'en ai lu plus de deux cents d'un coup. C'est là que j'ai appris pour Ramon. Je te jure qu'il n'aurait jamais porté plainte si j'avais su. Il espérait me faire réagir en le molestant. C'est tout ce qu'il a trouvé pour m'atteindre. Il est désespéré, tu sais. Parfois je me demande même si ça ne l'aurait pas soulagé que Ramon réussisse son coup. Il l'a raté de peu. À trois centimètres il visait le cœur. Mon ADN est sali, j'ai hérité de sa face empreinte de la haine qu'il lui porte mais je n'y suis pour rien. J'étais enfant, je n'ai rien fait d'autre que de demander à la mère de Ramon de remettre mes frites dans l'huile pour que ça croustille. Je commence tout juste à me défaire de cette culpabilité. Je n'ai jamais imaginé le reste, tu comprends ? Mon père avait bu et comme il s'est mis à gueuler, j'ai emmené Ramon dans notre chambre. On a joué à la guerre, on a crié plus fort qu'eux pour pas entendre les coups. Quand on n'a plus rien entendu, on n'avait pas fini de tuer les soldats qui nous tiraient dessus. Alors on a continué à crier. On a fait du bruit pour toutes les guerres à venir. Pour couvrir l'atroce silence de la pièce d'à côté. La seule culpabilité que rien ne pourra calmer, c'est celle d'avoir abandonné mon frère. Longtemps, l'absence de lien de sang m'a aidée à me défaire. Ma mère aussi m'a bien aidée, elle m'a lavé le cerveau pour que je retrouve les rails. Elle m'a emmenée loin, pour que j'oublie. J'ai changé de continent, de vie, j'ai tout recommencé de zéro. Ça passe juste pas et je me demande ce qu'il en est de lui. J'ai trente ans et j'en suis rendue à pas être capable d'être en amour, j'ai des mauvais rapports avec ma mère… ça n'a pas d'allure. La France, je m'en suis tenue aussi loin que de mon père. Aujourd'hui, je suis là comme une étrangère, j'ai tout à recommencer une nouvelle fois. Mais je ne suis plus une gamine et je ne veux pas le faire sans Ramon. Je ne cherche pas à comparer nos douleurs, ils n'ont pas encore inventé d'échelle pour mesurer ça. Il est l'enfant de la victime, je suis celui du bourreau. Tu pourrais dire ce qui vaut mieux, toi ? J'ai le goût de lui parler, il faut que je le voie et j'ai besoin de toi pour éviter que ce soit brutal.*

Elsa

48

Cette lettre, j'aurais pu la jeter sans le faire exprès, ne jamais connaître son existence si le prospectus qui la retenait entre ses pages n'avait pas aguiché Ramon avec sa couverture bien moche, annonçant des soldes imminentes sur toute une série de tronçonneuses. Pendant que je décachetais le coup de théâtre, encore inconscient du mauvais diable qui allait surgir de sa boîte pour s'agiter sur son ressort et nous faire très peur, Ramon s'est plongé dans la lecture de sa nouvelle bible en rêvassant à une possible vie de bûcheron.

Je n'aime pas beaucoup les surprises, encore moins celles qui viennent du froid. De ce que Ramon ne m'a jamais dit, je pensais tout savoir et soudain je lui en veux. Je lui en veux de ne pas être le seul rescapé du drame. De ne pas réussir à écrire des lettres comme celle-là. De ne pas avoir essayé. Elsa, je n'en soupçonnais pas l'existence, il l'a tuée dans son silence. Un jour, moi aussi j'appartiendrai au passé et ça m'ennuierait de ne plus exister nulle part. Il n'y a que Ramon pour bien me raconter.

Elle aussi je lui en veux. Noir sur blanc, elle me parle comme si on se connaissait. Elle me dit *tu* et moi j'attache beaucoup d'importance à *vous*. Elle me parle de Ramon comme si elle le connaissait, mais partager les mêmes parents pendant six ans n'a jamais fait un frère et une sœur. Il lui a prêté sa mère, elle lui a refilé son père. Un calot contre une bille, ça vaut pas. Que je sache, elle n'est jamais venue le voir depuis toutes ces années. Ça veut dire quoi de se réveiller vingt ans plus tard ? Ça sert à qui de remuer les mauvais souvenirs ? On ne pourrait pas se contenter de faire un tout petit peu semblant ? C'est pas compliqué, il n'y a qu'à me regarder. Un peu d'élégance.

Si Ramon n'est bien qu'avec moi, c'est qu'il se sent protégé. Je suis ce qu'il appelle un porté disparu des temps modernes. Je n'ai pas de portable, Google ignore mon existence, mes amis sont un fou, des morts et une quasi-nonagénaire en passe de le devenir si les amis de mes amis sont mes amis. Ma mère vit en Inde, on s'écrit des cartes postales sur lesquelles un post-scriptum s'inquiète encore pour la sécurité sociale que je n'aurai jamais. Je n'ai que du liquide, savamment réparti dans des enveloppes poupées russes, par an, par mois, par jour, années bissextiles prises en compte. Tout ce qu'il me faut jusqu'à ce que je périme, bien tassé sous le matelas.

J'en veux à la terre entière de ne pas me faciliter la vie. De contredire mes plans. De venir me rappeler que c'est impossible d'être seul et de faire sa loi. Il y a toujours quelqu'un pour bouleverser l'ordre établi. J'ai survécu à tous les obstacles, à mon père, à ma mère, à Zoé, j'ai fait du mieux que j'ai pu et jusqu'ici je filais droit.

Elsa a léché à s'en essorer la salive trois timbres, pour être bien certaine que sa douleur me parvienne. Au dos, elle a gravé son adresse au stylo-bille, sans me laisser d'autre excuse que celle d'être un salaud pour ne pas lui répondre. Je ne peux plus m'empêcher de me mettre à sa place. Je ne sais pas comment parler de ça à Ramon. Je crains ces moments où je ne le reconnais plus, où je n'ai aucune emprise. Je ne peux pas risquer d'y revenir. Pas maintenant. C'est trop tard.

La vie ne se fait pas sans secousse mais je préfère la navigation de plaisance, je n'ai aucune leçon à donner, aucune brèche à forcer. Je suis la reine des autruches. La vérité, c'est que je ne suis pas doué pour la confrontation.

Je suis lâche, comme elle, ça nous fait un point commun.

49

Je n'ai pas envie de penser, je mets mes listes à jour. J'entends que c'est contradictoire avec ma façon d'anéantir les souvenirs, mais c'est un moyen de cristalliser momentanément pour ne regarder derrière qu'en cas d'absence. J'ai des kilos de carnets noirs cachés dans le piano. Il y a tout. Là, j'allonge celle des films que j'ai vus, c'est mon trente-septième carnet de la catégorie. Ensuite je m'attaquerai à celui des menus. Celui que j'ai fait à Ramon hier soir vaut le coup d'être immortalisé. J'ai recyclé sa bouteille de pastis. Un peu par-ci dans les gambas, pourquoi ne pas faire cuire le riz dedans et que je t'arrose un coup la salade, les melons et un petit baba bien anisé. On était ronds comme des marrons ! On a passé la soirée à se bidonner en se rendant dingues. Moi en appuyant mes doigts sur mes tempes, ce qui provoque chez Ramon une réaction intéressante entre constipation faciale et hystérie des orbites. De votre vie, vous ne verrez jamais des yeux dans cet état. Il suffit de se placer devant Ramon et ne serait-ce qu'effleurer ses propres tempes du bout des doigts. Il sort immédiatement de lui-même et ses yeux se mettent à trembler comme des flans. Je m'arrête toujours avant qu'ils ne tombent mollement sur le plancher. Vengeance oblige, Ramon a allumé la télé. Pour lui c'est un théâtre, un festival d'expressions, d'informations, qu'il reprend à sa sauce. Tout l'inspire. Tout le constitue. Ramon est une mosaïque.

À cette heure-ci, on avait cent pour cent de chance de tomber sur des chanteurs horripilants, pleins de mimiques, de gestuelles, de too much à tout-va, et Ramon, ça, ça le fait vibrer. Debout sur le canapé, il s'est lancé dans des imitations à se tordre. Ramon est la plus grande chanteuse de R'n'B au monde.

Je ne sais pas si c'est le pastis ou l'allégresse du moment qui m'a donné envie de sérieux. Il avait l'air si solide. C'est ça le problème de son talent. Les cuisses gainées position Beyoncé, Ramon paraissait inébranlable. Je lui ai montré calmement la lettre d'Elsa.

Il s'est effondré, roulé, tordu, brisé.

On ne peut pas arrêter Ramon en crise à moins de lui planter une seringue dans le cul, ce que je m'étais promis de ne jamais faire. La menace d'un retour aux conséquences cataclysmiques à Villejuif m'a contraint de fouiller tous les tiroirs, j'ai retourné la baraque pendant que Ramon s'occupait d'imploser les murs à coups de tête en débitant des paroles insensées. J'attendais le bon moment mais il n'en existe pas pour les mauvais souvenirs. J'ai trouvé la seringue, j'ai tremblé comme une feuille à l'idée d'en faire quoi que ce soit. Je n'avais jamais perdu mon sang-froid devant Ramon et je dois avouer qu'à ce moment précis, j'en menais pas large. Ma vulnérabilité l'a fait redescendre d'un coup. Ça a dû lui faire drôle dans le sens pas comique du terme. Comme quand les parents pleurent. Ça fout en l'air et ça remue la hiérarchie. Il y a eu du silence, un flottement. Il m'a regardé avec une assurance nouvelle. Plus je me dégonflais, plus il gagnait d'aplomb, façon vases communicants qui auraient foiré leur synchro.

Œil pour œil, dent pour dent. Ramon a levé le tabou du dossier Zoé avec une cruauté à la hauteur de ce que je lui infligeais. Les yeux injectés de sang il m'a confronté à tous mes ratés, à toute ma petitesse, il n'était pas le seul incapable, pas le seul à avoir peur. Ça voulait dire quoi d'aimer, de se faire aimer et de disparaître du jour au lendemain en continuant de vivre dans son coin ? Comme si les morts nous narguaient d'en haut, *je suis là, je suis là et je m'éclate autant que je te manque !* C'était dégueulasse. Irresponsable. Assassin. Ne plus aimer, c'était mourir dans la vie.

ON NE MEURT PAS QUAND ON EST VIVANT !

Il l'a répété trois fois. Pour moi, pour lui, pour le reste du monde. Il m'a dit tout ça sans respirer, sans hésiter, comme s'il le pensait depuis toujours et que l'occase de le balancer se présentait enfin.

Je ne m'étais jamais battu.

On s'est sauté au cou comme deux brutes libérées de leurs chaînes sans savoir dans quelle direction jeter nos griffes. Dans ce corps à corps pathétique qui nous rabaissait à tous les autres hommes, incapables d'affronter leur part de minable autrement qu'en jouant des poings, je n'ai rien trouvé de mieux que de le mordre. J'ai eu le besoin irrépressible d'imprimer physiquement la marque d'une douleur sur son corps. Une plaie concrète à regarder et à panser comme un grand. Avant que je lui arrache complètement la chair, Ramon a hurlé. Ça m'a stoppé net. Il a crié comme on le fait avant de sauter, pour le courage. Je l'ai regardé et j'ai crié pour le courage avant d'en manquer complètement quand il s'est tiré en me laissant vingt-quatre heures pour venir le chercher chez Zoé. Si j'étais capable de me dépasser et de la regarder en face sans baisser les yeux, peut-être que lui aussi serait capable de remuer le passé.

Quelque chose d'étrange m'a traversé l'esprit à cet instant de panique où Ramon a claqué la porte. J'ai véritablement compté sur Samak pour qu'il retrouve son maître et qu'il me le ramène entier. J'ai réellement pensé qu'il pouvait m'aider. Quelques secondes seulement, quand tout nous échappe et qu'on s'en remet à un singe empaillé. Samak était devenu un substitut merveilleux, comme la cave, comme la bande. Si Samak ne bondissait pas sur ses pattes pour trousser mon Ramon, mon ultime fantasme pouvait-il, lui aussi, ne jamais se produire ?

50

Tout s'accélère, tout me contraint en ce moment. Je n'ai pas eu le temps d'imaginer que la vie pourrait me jouer des tours et que, fatalement, le jour viendrait où je ne maîtriserais plus rien.

Comment avez-vous pu laisser vos vies se rétrécir ?

Un graffiti sur le trottoir, devant la porte de ma maison. Voilà sur quoi j'ai marché en sortant de chez moi alors que j'allais chez Zoé, le cœur qu'aucun adjectif ne rendrait suffisamment lourd. Faudrait que Ramon l'invente.

Je viens de vivre un mythe littéraire. Une de ces images si fortes qu'elles traversent les âges sont utilisées à toutes les sauces et perdent en route, sans que personne s'en aperçoive, le pourquoi de leur puissance. C'est joli une madeleine, c'est doux, sucré, on s'endormirait dessus. Il nous a bien enrobés le Proust, il aurait pu y aller franco, moi ça me serait resté s'il s'était fait péter un bon petit champignon vénéneux.

Code.
Étages.
Porte.
Sonnette.
Ouverture.
Odeur.
Elle.
Sourire à désarmer la vie.
Tache bleue.
Dents de traviole.
Beauté divine.
Métamorphose.
Cris.
Larmes.
Monstre.
Hystérie.
Crash.

Je n'en aurais eu qu'une mais bordel quelle qu'une ! J'ai toutes ses taches de rousseur qui me sont grimpées dessus pour me dévorer de l'intérieur. Tornade de taches de rousseur. Treizième plaie d'Égypte. Ma madeleine a bondi comme un cadavre de son cercueil, elle a pris tous mes sens en otage pour ne me laisser aucune autre sortie que la réalité.

Enseveli le mec, anéanti le mec, minable le mec.

Ramon n'y était pas. Elle n'en avait plus entendu parler depuis des années et moi je leur ai rêvé tout un tas d'aventures pour la faire durer. Je lui ai envoyé mon fidèle afin de veiller sur son cœur comme un T-shirt qu'on laisse exprès pour continuer d'habiter les ruines d'un amour dévasté. Je me suis semé par procuration. Il me manque une case.

En ouvrant la porte, je n'y ai trouvé que des emmerdes et des souvenirs. J'ai peur de repartir avec.

Mon deuxième point de suture me rappelle à l'ordre. Il me brûle atrocement. Comme à l'époque. Comme avec elle.

Ligne de cœur.

51

On se calme. Du calme. Il faut respirer. Poser les choses. Se comporter comme des adultes.

Je suis une grande fille, je suis une grande fille, je suis une grande fille.

Cette histoire ne m'appartient pas. Plus. Cette histoire ne m'appartient plus. Je suis Zoé Monge et tout va bien.

Avant de le rencontrer, j'étais destinée à vivre seule. Au mieux avec un inoffensif. Un bon Patrick qui m'emmènerait faire du tennis le week-end. Je m'en serais largement contentée. Je suis d'une banalité assommante, je n'ai aucune personnalité mais j'ai la délicatesse de ne déranger personne. Je fais du yoga, je mange sainement, je trie mes déchets et j'ai arrêté de prendre des bains en 2008. Je ne suis jamais retombée amoureuse depuis qu'il m'a laissée tomber, et comme je n'ai besoin de PERSONNE, tout va bien.

TOUT VA BIEN BORDEL !

Respire, respire ma grande.

Ma porte, j'ai juré de l'ouvrir le jour de ses vingt-huit ans. Ce jour-là, je ne peux pas m'empêcher de l'attendre. Ce jour où ma rationalité aurait eu raison de ses fantasmes ~~de tout petit enculé de merde~~. Il n'avait pas le droit de débarquer avant. C'est dégueulasse. On s'était fait une promesse que j'ai respectée à la lettre. Cinq ans que je ne l'ai pas vu, pas contacté. Cinq ans que j'ai arrêté de me promener par hasard devant chez lui. Ça m'a démangée tous les jours, je suis hyper admirable. J'ai tout fait pour rester du bon côté de la vie. Je me suis comparée pour avoir honte de chialer, j'ai pas arrêté d'essayer de penser aux vraies victimes, celles qui crèvent la dalle, mais le tiers-monde n'existe plus quand t'as le cœur en berne.

Le mec m'a cryogénisée et il ne se passe pas un jour sans que j'attende celui de ma fonte des glaces.

Quand il a sonné chez moi plus tôt que prévu ~~comme une GROSSE CONNE~~ j'ai cru qu'il s'était ravisé… Qu'il avait retrouvé la raison, que c'était fini ses histoires de longévité programmée qui l'empêchent de m'aimer. ~~Ses conneries de je vais mourir à vingt-sept ans pour faire comme mes amis imaginaires parce que je suis une grosse merde incapable de faire autre chose de ma vie de merde~~… ~~Merde, Putain de bordel de Merde !~~

MEEEEEEEEEEEEEEEEEEEEEEEEEEEEEEEERDE !

Ça ne recommencera pas, ça ne recommencera pas, ça ne recommencera pas.

Ramon ! Il cherchait Ramon. Encore lui. C'est toute sa vie qui en dépendait. Qu'est-ce qu'il s'est inventé ?

C'est pas chez moi que Ramon se réfugie quand il a froid. Ramon il est moins con qu'il en a l'air, il était dingue de moi et il aurait fait n'importe quoi pour que je le regarde. Il ne supportait tellement pas qu'on puisse s'aimer sans lui qu'il a trouvé le moyen de nous séparer en se mettant sous les feux des projecteurs. Il a bien choisi son moment, il savait qu'on devait partir. J'avais fini par réussir à convaincre l'autre enfoiré de venir voir à quoi ressemblait le monde ailleurs que dans sa tête. J'avais les billets. J'ai bossé comme une dingue pour nous offrir l'Amérique. Il a pensé à son pote le jour où il est parti tirer à l'arc ? Il a pensé à moi ? C'est comme ça qu'on remercie les amis ? Il aurait mieux fait de se foutre en l'air, là il m'aurait peut-être impressionnée. Ramon c'est un gros boulet, faut arrêter de se laisser avoir par ses yeux doux. On n'aurait jamais dû rentrer dans son jeu, on aurait dû le secouer, ça lui aurait rendu service. Ça veut dire quoi des copains qui ne se racontent rien ? Les mecs ne se sont JAMAIS parlé de leurs problèmes mentaux. Entre tarés on doit pourtant se comprendre. Ils ne se connaissent pas. C'est malhonnête de vivre comme ça. Et puis c'est impossible. Y a qu'à regarder le résultat de tout ce silence. Et je m'y connais pas mal. Faut pas croire que je me prends pour je ne sais pas quoi ou que je pète plus haut que mon cul. S'il l'avait un peu cherché, on aurait pu empêcher Ramon de faire des étincelles. Voilà ce qu'il a donné, son soi-disant respect du jardin secret. Gros lâche. Trouillard. Couilles molles. Quelle conne. Je m'en mords les doigts de m'être laissé avoir par ces deux blaireaux.

Le pire, c'est que dans le deal qu'on a conclu, quand il a fini par m'expliquer pourquoi il ne pouvait plus me voir en peinture, je lui ai juré que si les choses se passaient comme il les avait prévues, je m'occuperais de Ramon comme d'un frère. Mais c'est MORT, mon connard ! T'as voulu réveiller la bête ? Tu vas voir ! Puisqu'il n'y a plus de promesse qui tienne, je vais aller lui dire, moi, qu'il n'a qu'à se trouver une autre greluche pour s'occuper de son petit copain. Je suis à deux doigts de venir foutre un bordel monstre dans son petit programme bien ficelé. Comment ose-t-il ? Avec tout ce que je sais ?! Je pourrais le dynamiter si je voulais. Réveiller tous ceux qu'il a endormis : son crétin de psy qui aurait mieux fait de consulter pour voir à quoi ressemblent les gens sérieux, son irresponsable de mère qui se donne bonne conscience auprès des orphelins plutôt que de s'occuper de son dégénéré de fils. Et puis je pourrais aller le dénoncer aux flics mais je les aime pas beaucoup. Je pourrais le faire surveiller, prévenir qu'en plus d'être un gros con, c'est un assassin en devenir qui va…

> *Tais-toi, Zoé, tais-toi, tu as juré de te taire, sur la tête de ta famille, le croisé ne compte pas.*

De toute façon je ne suis pas folle et je sais que ça n'arrivera jamais. Même si pour l'instant tout lui donne raison. La vie lui a tracé une haie d'honneur pour parvenir à ses fins, c'est à se demander si le hasard porte bien son nom. Tous les obstacles se sont envolés, son père au fond d'un trou, sa mère en Inde, lui laissant la maison familiale pour lui tout seul et une part d'héritage tout à fait suffisante pour quelqu'un qui sait sur combien de temps la répartir… Mais non ! Il l'aura bien profond quand il se rendra compte qu'il est toujours là et que toute sa vie s'est construite sur un egotrip fumeux… Ah, qu'est-ce que je vais me marrer !

Chuuut… ne pleure pas, Zoé, ne pleure pas. Tout va bien.

52

Samak s'est fait la malle. Comme Ramon. Il a laissé un grand vide entre Mao et le nain de jardin, son absence pèse sur l'étagère. Depuis son arrivée à la maison, les objets se déplacent, disparaissent, et mon ficus n'a plus une feuille sur le caillou. Je me disais que Ramon était derrière tout ça mais je n'ai pas bougé depuis que je suis rentré de chez Zoé, s'il était passé, je m'en serais aperçu. Mystère.

Ramon va bien. Il est chez Marceline. Je m'apprêtais à signaler sa disparition et à essuyer l'échec de ma vie quand elle m'a téléphoné. Il ne veut pas me parler. Il n'en a pas le droit.

J'aime le silence qui a de la gueule, je ne suis pas du genre à tousser quand le noir se fait, ni à me tortiller sur mon siège, à croiser, décroiser les jambes, à me racler la gorge… Mort aux peureux du silence. Tu causes, tu causes et quand tu peux pas tu bruisses, tu parles avec tes chaussures, tu parles avec tes coudes, tu colles une bouche à tout ce que t'as sous la main, ton journal, ta braguette, ta fièvre… Mais dis-le ! Vas-y ! Tu débordes de mots, ils te sortent par tous les trous tellement que t'en peux plus de fermer ta gueule. À la fin du spectacle, tu n'applaudiras pas, tu crieras *Bravo* plus fort que tout le monde, tu couvriras même le bruit qu'est pas pour toi. Tu crieras pour respirer, pour avoir le dernier mot, pour reprendre les rênes de ta vie pleine de cliquetis.

Au cinéma, dans le sas entre les portes battantes et la sortie, silence.

Après les trois coups, silence.

On te méprise, silence.

Caresse, silence.

Émoi, silence.

Ta mère est morte, silence.

Ensuite tu fais ce que tu veux, absolument tout ce qui te chante. Tu donnes ton avis, tu chiales mais une seconde, rien qu'une seconde tu te tais, tu ingères ce qu'on t'a donné. Alors tu peux vomir, sans t'étouffer.

Il y a des règles, le silence, c'est pas pour rien que les enfants Ponti + sac à ventre lui ont inventé un roi. Aujourd'hui, j'ai l'impression que Ramon les a oubliées les règles et ça me donne envie de perdre en hurlant. On n'abolit qu'une fois un silence comme celui qu'on a vécu. Celui des quarante-trois jours. La mort de ce silence particulier, c'est une nouvelle donne qui ne s'offre qu'une fois, une précieuse fois.

Ramon n'a pas le droit de jouer avec ça, le silence n'est pas une cachette dans laquelle on se réfugie chaque fois que le chat s'approche.

C'est de la triche.

Marceline parlait doucement au téléphone, elle chuchotait presque. Elle est de son côté. Il ne sait pas que je sais où il est et ça ne lui pose aucun problème.

Mauvais joueur.

53

Ramon a le pouvoir de questionner sans filtre, comme seuls les enfants savent le faire. Une impudeur merveilleuse qui accouche l'indicible en le rendant aussi abordable qu'une conversation météorologique. Le silence n'abîme pas la mémoire. Marceline lui a offert la sienne. Un cadeau qu'il couve précieusement, comme s'il savait qu'un jour il aurait à l'ouvrir sans déchirer le papier.

Elle pesait vingt-six kilos en sortant de Birkenau. À une époque, Ramon s'est obnubilé à poser sur la balance tout ce qui lui tombait sous la main, jusqu'à atteindre le poids plume. Il avait besoin de se rendre compte. Marceline à la Libération s'est matérialisée grâce à la table basse du salon. Je le surprends encore à lui coller des baisers aux quatre coins.

Pendant longtemps, Ramon a voulu réparer le passé, réécrire l'Histoire, effacer les blessures, il s'est acharné, tous les jours. Une obsession maladive que Marceline est parvenue à calmer. Il n'en reste que le stylo magique. Celui-là, Marceline l'adore et en a fait la tradition de leurs retrouvailles. Encore aujourd'hui, pendant qu'elle se grille un pétard, Ramon continue de transformer l'affreux tatouage en addition délicieuse. Il ajoute des plus, moins, fois, divisé, entre les chiffres, pour un total de baisers, cœurs, smileys et autres douceurs qui s'étalent sur l'avant-bras.

Regarder cette version trash d'*Harold & Maude* suffit pour croire en l'infini.

Je me suis toujours fait petit devant Marceline. Elle me fout les jetons. Je ne sais pas si c'est sa chevelure bleue ou son insolent appétit de vivre, qui me donnent envie de me planquer. Avec elle, tout est prétexte à fêter, à *s'en allumer un petit*, et, à son âge, elle sait faire le grand écart. Pas franchement nette, la rescapée. Je ne la vois jamais sans Ramon, je serais incapable de me retrouver seul avec elle. Quand ses beaux yeux clairs plongent dans les miens, j'ai l'impression d'être à poil. Elle cherche à me dire quelque chose que je n'ai pas envie de recevoir.

Ce qu'elle arrive à tirer de Ramon je l'ignore, mais je sais qu'elle lui ouvre la voie. Je pense qu'elle y a accès, elle, aux songes de Ramon. Elle a le calme de l'âge et l'autorité du vécu. Ils sont de la même espèce et n'ont pas eu à se renifler longtemps. Marceline est mon *sidekick* qui se faufile là où je ne suis pas capable d'aller. Parce que c'est ceux qui n'ont rien vécu qui ont peur, en face, les éclopés du drame régissent l'humeur du monde en se gardant leur histoire.

Et la vie continue.

54

Un orchestre polonais joue du trombone dans mes pensées et claque ses grosses cymbales contre mes tempes. Il bat la mesure en rythme avec mes doutes. Je suis à quatre jours de jouer les justiciers masqués, et des connards de Polonais dansent la polka dans ma tête. Je n'ai pas dormi de la nuit, mon orgueil est épuisé, je pars retrouver Ramon et, comme j'ai peur, j'ai besoin d'un pain au chocolat.

Est-ce que c'est la belle boulangerie de faïence bleue qui me donne cette envie disparue depuis l'arrivée de mon premier poil pubien, ou la peur qui aurait ordonné à mon inconscient de se faufiler dans mes lointaines sensations de réconfort ? Je n'ai pas le temps d'y réfléchir, je suis téléguidé à pousser la porte de verre qui mettra peut-être fin à mes angoisses. La boulangère est pas mal. Je demande mon pain au chocolat dans un aigu dont je ne me savais pas capable et qui me rappelle que je n'ai pas ouvert la bouche depuis hier. Elle me regarde avec l'air le plus inquiet du monde. Je réitère ma commande avec assurance, laissant planer l'idée qu'il est pour le gamin qui ne m'attend pas au coin de la rue. Elle est toujours perplexe et m'apparaît soudain extrêmement moche.

Ce qu'il reste de son sourcil gauche a pris la forme des yeux d'un BN, je commence à voir des gâteaux partout et son air toujours plus circonspect me donne envie de la décapiter comme un Pez.

— Monsieur, vous êtes dans une bijouterie.

Salope. Grosse salope. Le chic est au déguisement. On transforme les boulangeries en bijouteries, les librairies en épiceries fines et les pharmacies en bars à cocktails. Ma ville est une arnaque. Ma vie est un trompe-l'œil.

Noblet m'est revenu d'un coup, le boucher de la rue d'Alésia qui annonçait la couleur avec son enseigne fascinante. Un petit chaperon rouge se voulait rassurant devant un gros cochon rose à l'air inquiet. En dessous, cette phrase que j'ai mis autant d'années à comprendre qu'à digérer : *Pleure pas grosse bête, tu vas chez Noblet !* Les personnages qui ont bercé mes voyages ont fini par disparaître sans prévenir. Par se faire remplacer par des zéros, sans cochon, sans cynisme. Sans repère. Manquerait plus que la Grande Ourse mette les voiles.

Vengeance oblige, je suis entré dans un supermarché plein de promos, d'OGM et d'élégance à ne prétendre à rien d'autre. Enragé, je n'ai pas attendu ma place sur le tapis roulant pour m'enfiler un Kinder au goût d'enfance mal digérée. Dans l'empressement, j'ai gobé la surprise. Je suis une mule de la grande distribution et j'emmerde les façades hypocrites. Le vigile me tape dans le dos, plus tard les flics me scalpent les poignets à coups de menottes. Je suis en garde à vue pour vol à l'étalage et refus d'obtempérer.

J'ai l'impression d'être en vie pour la première fois. Je passe un cinq à sept en cellule à me demander ce qu'abrite l'œuf de plastique jaune qui gravite dans mon corps. J'hésite entre un hippopotame en tutu et un camping-car en kit. Mon imagination est à des années-lumière de ce qui existe en matière d'enfance aujourd'hui.

55

Quand Ramon s'est décidé à me sortir de là, j'ai vu qu'il essayait de garder le sérieux de celui qui tire la tronche. Malheureusement pour lui, le comique de la situation l'a contraint à afficher le sourire le plus large de toute l'histoire du sourire. J'ai perdu mon humour en même temps que ma dignité, quelque part entre la « boulangerie » et les murs du commissariat. Je suis la risée des gangsters et, bientôt, je pondrai un œuf. On ne se parle pas, Ramon rit dans sa barbe et moi je regarde ses pieds me ramener naturellement à la maison. C'est la première fois qu'il est responsable de moi, qu'il vient me chercher et qu'il me ramène. Finalement, j'aurai été prêt à tout pour le retrouver, je n'ai pas choisi la facilité, point barre.

Devant la porte, j'attends pour voir. Il n'a pas sa clef. C'est vrai, elle est restée dans la poche de son manteau suspendu dans l'entrée depuis qu'il est parti. Je lui raconte l'étrange disparition de Samak. Ça y est, la vie reprend son cours, Ramon est ébranlé. Je le console. Il ne se remettra jamais de lui avoir tourné le dos sans avoir pris le temps de lui expliquer sa colère, Samak a dû partir l'âme en peine. Il n'arrivera pas à se le pardonner. Ramon voudrait vivre dans un film dont on peut modifier l'histoire. Réécrire la fin. Rembobiner. Il voudrait corriger sans cesse. Ses grosses larmes me le rendent comme je l'ai quitté et je ne peux m'empêcher d'être heureux, comme si ces quelques jours sans lui venaient d'être coupés au montage.

Botte secrète : une partie de Monopoly en francs, édition 1996, avec l'avenue « Matigon » et sa faute de frappe que Ramon est le seul à avoir remarquée sur la carte du titre de propriété.

Ramon et les jeux de société, c'est une histoire d'amour. Je déteste ça mais je garde ce Monopoly au chaud, comme un doudou qui peut sauver.

Il arrête de pleurer. Il ouvre la boîte, l'intérieur du couvercle gravé au stylo-bille témoigne de notre dernière partie.

Le 25/04/2012

Toi : vert, rouge, violet (x 2), bleu foncé
Hypothèque : Rue de la Paix
Gare de Lyon
Compagnie des eaux
Argent : 1 300
Dettes : 55 000
Maisons : 15
Hôtels : 2

Moi : Tout le reste
Maisons : Partout
Hôtels : Partout
Argent : 116 000

Winner !!!

Ramon me demande de lui poser des questions pour voir s'il n'a pas perdu la main. Il connaît chaque valeur de chaque rue, du terrain nu à l'hôtel. Il récite le plateau les yeux fermés en partant de la case départ dans le sens des aiguilles d'une montre, il peut aussi le faire à l'envers. Il veut une vraie partie à quatre joueurs. Ramon ne me facilite pas la vie. Pendant qu'il fait toute la rue, excité comme un agent immobilier à la recherche de capitalistes en manque de biens, j'appelle Marceline. Elle est fatiguée et balaie toute chance de joueur supplémentaire. Ramon rentre en solo, désespéré, sa partie ne peut pas lui passer sous le nez, il était à deux doigts du plus beau jour de sa vie. Ramon est triste. Je déborde d'imagination. Je lui ai promis une partie. Il l'aura.

Une bonne demi-heure plus tard, Svetlana et Indra qui me coûtent un bras la minute sonnent enfin à la porte. Pourvu que Ramon nous ratatine rapidos. Les Russkofs n'ont pas l'air habituées à ce genre de prestation, elles ne parlent pas un mot de français. Ramon n'en peut plus de répéter les règles. Je m'amuse à lui raconter que « le sale jeu impérialiste » a été interdit en URSS jusqu'en 1985. Ça ne le fait pas rire du tout, il veut les foutre dehors. J'essaie de m'en sortir en leur glissant un beau billet orange dans la poche,

Indra devient moins câline et me fait comprendre qu'elle touche sa bille en ju-jitsu.

Constance n'a pas choisi de meilleur moment pour venir nous rendre sa petite visite de contrôle, fourbe et sournoise. Elle espérait probablement trouver Ramon ligoté à la cave, en même temps qu'une bonne raison de se le garder près d'elle, loin de mes canines. Raté. Son petit chouchou se débattait de l'étreinte, une call-girl à califourchon sur les genoux. Elle pourra faire le rapport qu'elle voudra. Il n'est écrit nulle part qu'il est interdit de jouir au Monopoly.

56

1. INT. NUIT / MAISON DE MONTROUGE – CUISINE

L'horloge de la cuisine affiche 22:14, deux hommes sont assis face à face. Sur la table, un plateau de Monopoly. Sur le plateau, quatre pions. L'homme à l'air fragile tire les dés, c'est Ramon.

RAMON
(*Il déplace la chaussure et tombe sur la case départ*)
Balance l'oseille, camarade !

En face, celui que l'on nommera Joueur 2 sort de la banque 40 000 francs.

JOUEUR 2
Tu m'énerves…

RAMON
(*Se lançant les billets au-dessus de la tête*)
'suis tombé dedans quand j'étais p'tit…

Le joueur 2 tire les dés.

JOUEUR 2

(*Il hésite entre deux pions*)

Je suis qui déjà ?

RAMON

Le chapeau.

Il déplace le chapeau et tombe sur taxe de luxe.

JOUEUR 2

C'est dingue, j'en ai pas un pour rattraper l'autre, même en jouant pour deux, j'ai la scoumoune de tous les côtés.

RAMON

Tu vois que c'est pas du hasard, Balthazar. De la stratégie ! Que de la stratégie ! Je vais te donner mon petit secret, mais paye d'abord.

JOUEUR 2

Bon… J'hypothèque la rue de la Paix et mes deux gares.

RAMON

Non, tes gares, elles sont au bateau…

JOUEUR 2

Ramon, déjà qu'avec un pion j'ai du mal… sois sympa.

RAMON

(*Il fait non de la tête puis, professoral*)

« Tricher c'est contrecarrer les intentions du hasard. »

JOUEUR 2

(*Il réfléchit un temps*)

« Si on ne peut plus tricher avec ses amis,
ce n'est plus la peine de jouer aux cartes. »

RAMON

(*Il cherche puis chante*)

« Et si t'es mon pote, tu me laisses tricher
au Scrabble tu ramènes pas ta gueule... »

JOUEUR 2

« Tricher au jeu sans gagner est d'un sot. »

RAMON

(*Le regard vers la table*)

Si tu gagnes, je veux bien la voir.

Silence.
Le joueur 2 regarde Ramon, sans voix.

RAMON

Pardon. Pour Samak et pour Zoé.

JOUEUR 2

Je ne gagnerai jamais...

RAMON

Je sais. Moi je peux perdre.

(*Un temps.*)

« Le tricheur est celui qui corrige le sort,
donc le réel. C'est un mystique en son genre. »

Ramon attend la surenchère qui ne vient pas.

RAMON

Gagné !

Ils se regardent en souriant.

2. INT. NUIT / MAISON DE MONTROUGE – SALON

Ramon se lève, son sourire a disparu. Il s'allonge sur le canapé et s'allume deux cigarettes. Le joueur 2 s'est assis sur un fauteuil, il tient la lettre d'Elsa entre ses mains.

JOUEUR 2

(*Hésitant*)

« Quand tu as débarré le portail, j'ai cru que mon cœur allait lâcher. »

RAMON

(*Il le coupe*)

Attends, attends… Essaye avec l'accent du Sud.

JOUEUR 2

(*Avec l'accent du Sud*)

« Quand tu as débarré le portail, j'ai cru que mon cœur allait lâcher. »

RAMON

Non, non, arrête. Attends.

Ramon s'allume une troisième cigarette qu'il coince entre les deux autres.

RAMON

(Il se prépare à encaisser la douleur)

Vas-y !

JOUEUR 2

Sûr ?

RAMON

(Il tire fort sur ses trois cigarettes)

Passe directement au moment délicat
et tu lis très vite, très, très vite, OK ?

Le joueur 2 soupire avant de se lancer dans la lecture de la lettre.

Ramon écrase ses cigarettes, s'assoit en tailleur et commence à ronger l'ongle de son gros doigt de pied.

Alors que le joueur 2 relate les coups et les cris, Ramon appuie ses mains en cadence contre ses oreilles, il balance son corps d'avant en arrière en faisant des vocalises. Le joueur 2 hausse le ton, il ne lit plus mais récite la lettre qu'il connaît par cœur, de manière distincte, en s'approchant de Ramon.

La tête enfoncée dans un coussin, Ramon étouffe un hurlement. Le joueur 2 le relève vigoureusement et le prend dans ses bras.

Fondu au noir

V

Happy end
(J-3)

57

AVIS DE RECHERCHE
MAGOT RÉPONDANT AU NOM DE SAMAKALÉ.
TRÈS SENSIBLE !!!
Si VOUS L'AVEZ TROUVÉ APPELEZ-MOI ET JE VOUS COUVRIREZ D'OR -
01.40.84.07.30
01.40.84.07.30
01.40.84.07.30.
01.40.84.07.30
01.40.84.07.30
01.40.84.07.30
01.40.84.07.30
01.40.84.07.30
01.40.84.07.30
01.40.84.07.30
01.40.84.07.30
01.40.84.07.30
01.40.84.07.30
01.40.84.07.30

58

Elsa est jolie comme un cœur. Je suis face à une étrangère capable de briser Ramon avec une tête de poupée Corolle. Je jalouse le croissant qu'elle effeuille en serrant les mâchoires. Médiateur d'une opération à haut risque, élu par Ramon *himself*, je suis le RAID à moi tout seul. Pas de négociation possible, tu veux retrouver ton *frère* sans l'abîmer, va falloir y aller mollo, beauté.

Elle ne dit rien, regarde sans broncher à l'intérieur du sac que je fais glisser sous la table du café et me demande d'une petite voix sublime dont l'accent trahit l'exil québécois :

— T'as-tu d'la haine pour moi ?

— Non, moi je ne me savais plus capable de désirer et là, tout de suite, je vous désire de tout le désir qu'un homme peut éprouver. Je jette sur vous toute la frustration qui naît, alors que je vous regarde, de n'avoir touché qu'une femme, d'avoir pris ma mère pour une pute, d'avoir enterré mon père sans une larme, de ne m'être branlé qu'intellectuellement, de n'avoir gagné qu'une fois en trichant au Monopoly, de me demander encore si un singe empaillé peut prendre la fuite, de ne pas avoir de portable pour que vous puissiez me joindre à toutes les heures de tous les jours, de vous aimer déjà à en oublier l'autre hirondelle. Embrassez-moi juste ici, sur ma ligne de vie, de vos lèvres mordues par les non-dits et ma cicatrice disparaîtra d'un coup. La chair reprendra le dessus dans une vague de tendresse. Vos lèvres sont magiques, je le devine à chaque sillon, un baiser et tout s'envole, *reset* comme un Tamagotchi, tout neuf, prêt à recommencer, amnésique de tout ce qu'il y a eu avant vous.

Ma mission associée à la délicatesse de la situation m'empêche de formuler une telle réponse. Je me contente de hausser les épaules d'un air hésitant, méprisant même, avant de m'en aller. Je suis un monstre touché en plein cœur. Mon troisième point de suture s'étire dans tous les sens. Ligne de tête. Je garde le contrôle, je suis le seul maître à bord. Mon mental est plus fort que tout. Je me concentre. Elle ne peut rien me faire. Ça me tire. Ça me lance. La chair menace de craquer avant que je ne découvre le secret du dernier point, celui où les fils ont fait un nœud. Pour boucler la boucle.

Pour boucler la boucle.

59

C'est pour ce soir. Elsa vient dîner à la maison. Il faut que la nuit soit tombée. Il faut qu'elle nous enveloppe de toute sa bienveillance. Qu'elle soit calme et rassurante, de celles qui prêtent aux confidences. De ces nuits qui tardent à venir et qu'on attend comme une amie. Pour passer à autre chose. Pour donner au jour des allures de préludes. Si cette nuit incertaine me file la chair de poule, j'ai cédé la journée au désir de Ramon. Dernier repas du condamné.

Il a tout organisé. Je lui ai offert un maillot rouge, il le porte très haut sur le nombril et a fait un nœud avec la ficelle. Un nœud comme sur des chaussures de ville, avec deux boucles bien symétriques. Marceline ne sait pas encore qu'un héros d'*Alerte à Malibu* va sonner à la porte et crier « surpriiiiiiise » en montrant toutes ses dents (je ne sais pas si Marceline connaît *Alerte à Malibu*). C'est son anniversaire et Ramon attend ce jour depuis qu'il est rentré de chez elle. Elle lui a confié son désir d'air marin et de profiteroles. C'est exactement le genre d'information que Ramon récolte discrètement dans un coin de sa tête, au cas où l'occasion de faire plaisir se présenterait. Parfois, il n'y a que lui qui se souvienne. Pour le regretté Samakalé, Ramon était sûr de taper juste puisque j'avais émis le désir d'avoir un singe. J'avais dix ans.

Faire gaffe à ce qu'on dit devant Ramon.

Marceline est enchantée ou, du moins, elle le fait bien. Elle a l'air fatigué mais l'enthousiasme de Ramon l'oblige à trépigner comme une petite fille. On échange un regard signifiant, je fais diversion en demandant à Ramon de vérifier que tout soit bien dans le sac. Il ne prend pas ça à la légère, sort tout et range en récitant à voix haute chaque article, comme un flic en pleine perquisition. Marceline n'a pas besoin de me dire que ça ne va pas fort. Je ne sais rien des quelques jours qu'ils ont passés ensemble, mais l'état dans lequel elle a trouvé Ramon a dû lui faire mal quelque part.

Chapeau de paille sur la tête. Marceline reine du bal. Dans la DS blanche qui s'ennuie au garage depuis le passage à la Ve République, je me glisse à la place du chauffeur et conduis ces messieurs-dames jusqu'en Normandie. Attention Trouville, on vient réveiller les morts ! Je fais vrombir le moteur jusqu'au casino qui pue la crise à plein nez. Place aux petits de ce monde, un jeudi hors saison, ça devrait le faire. Sur la plage, Ramon invite Marceline à danser pendant que je regarde la mer une dernière fois. J'ai envie de pleurer, ça me prend comme une envie de pisser. Histoire de confondre les liquides je me jette à l'eau, je chiale toute la mer et remonte à la surface. Il fait sacrément froid mais à nous trois on s'est inventé l'été. Je les invite à se baigner, Ramon ne veut pas abîmer son maillot et Marceline ne croit pas à la conservation par le sel. Direction Les Vapeurs pour des profiteroles en carton bien dissimulées sous un tsunami de chocolat. Ramon a pensé aux bougies. Il n'en met qu'une, celle du vœu.

Marceline a un an, la vie est belle, il n'y a que le vent pour nous renvoyer chez nous.

60

De retour à Montrouge, Ramon se remémore le château qu'il a sorti du sable. Un jour, il vivra dedans. À l'entendre, on croirait qu'il a construit Versailles. Tout est toujours plus grand et plus beau avec lui. Alors qu'il me raconte la difficulté à creuser les douves, j'aperçois la silhouette jaune au loin. La nuit n'est pas encore tombée. À quelques heures près comme autant de différences culturelles en matière de *souper*, Elsa a respecté le contrat. Elle est là, devant le portail, dans son costume rassurant. Derrière son masque de latex vert, il y a ce visage bouleversant, et je me demande qui, de Ramon ou de moi, ça arrange le plus de l'avoir déguisée.

Si ça tourne mal, il aura au moins vu la mer.

Ramon remarque mon inquiétude, rapidement il regarde devant lui et se rétracte comme un K-Way banane. Tout son corps a l'air d'essayer de se contorsionner pour se mettre en boule quelque part, à l'intérieur de lui-même. Il fonce vers la porte sa clef tendue comme un cran d'arrêt, lui passe devant sans la regarder et court s'enfermer dans les toilettes. Elle se tourne vers moi, je l'invite à entrer.

Elle avance doucement, elle marche sur la pointe des pieds comme pour se faire oublier et moi je ne l'oublie pas. Son sourire est gigantesque, plein de dents américaines. Elle glisse contre la porte des toilettes et gratte avec ses doigts.

— Ramon ?

Je me sens de trop dans la réunion familiale, mais j'ai promis d'être là.

— Je peux enlever le masque puisque tu ne me vois pas... ? Il fait une crisse de chaleur là-dessous... Ramon ?

Il frappe un coup contre la porte.

— C'est Okay ?

Un coup.

Non ! Non ! Non ! Il en est hors de question, sous son déguisement c'est la plus belle fleur du Coco Bongo Club, et la crise, c'est moi qui vais la piquer... Ça y est, elle l'a retiré. La sueur a collé tous ses cheveux contre son front, son visage rouge ruisselle. Je suis devant une déesse en eau et en costard jaune informe. Avec sa cravate noire et blanche, elle s'essuie le visage, bientôt elle se mouchera dedans et, moi, je ne pourrai pas la prendre dans mes bras sans y rester glué éternellement. Je prépare un thé. Elle souffle dedans et se brûle les lèvres. Ramon est toujours dans les chiottes, je n'ai pas de conseils à donner à ma sirène qui commence dangereusement à sécher.

— Ramon, j'en ai ras l'cœur. J'suis tannée, je viens enfin te voir en acceptant toutes tes conditions, j'attends ce jour depuis des siècles, je me suis trimballée dans ton maudit costume toute la journée. Ça s'peut pas, j'ai besoin de jaser, moi aussi je capote, alors sors de là parce que je vais péter une coche !

Pas besoin de parler le caribou pour comprendre que la demoiselle commence à s'impatienter. Elle m'aurait impressionné si elle ne s'était pas mise à pleurer… Elle a craqué et se mouche dans sa cravate. Il ne lui reste plus que sa cravate d'ailleurs, elle a quitté son costume dans un strip plus ou moins excitant. Je lui désigne mon placard parce que ça commence à faire beaucoup pour un seul homme. Pendant ses quelques minutes d'absence, je coache mon footballeur derrière la porte.

— Faut y aller mon grand, sois fort, droit au but sans passe arrière.

Un coup de sonnette me glace illico. Je n'ai pas la moindre idée de qui peut bien avoir envie de s'aventurer chez moi.

— J'en peux plus.

C'est Zoé. Avec ses taches de rousseur et tout le bordel. Elle a l'air d'avoir préparé un discours concis après lequel elle tournera probablement les talons en me laissant à vif, bouche cousue. Passé ce bref préambule, pile au moment où elle prend sa respiration pour parler vite et sans balbutier, Elsa apparaît dans l'embrasure de la porte, habillée en moi de la tête aux pieds. Reflet splendide de mon humble personne. Le beau discours que je ne connaîtrai jamais se transforme en alignement de noms d'oiseaux, des petits moineaux en rang d'oignons grillés sur un câble électrique sortent de sa bouche comme un serpentin de carnaval. Zoé s'invite à entrer en repoussant l'autre beauté qui s'apprêtait à sortir. En entendant Zoé crier, Ramon s'est propulsé hors des toilettes. Il a autant de mal à simuler le naturel qu'à cacher sa joie. Il lui fait une bise rapide comme s'il l'avait quittée la veille mais, dans ses yeux, un feu follet crépite de toutes ses braises ardentes.

Il l'aime, le salaud.

Ça aurait pu être une jolie fin, lui et ma promise, moi et sa sorte de sœur. Ponti a échoué à me faire aimer les *happy ends*. Faudrait que je relise mais c'est trop tard. Je suis peut-être devenu un con maintenant que j'y pense.

Je présente Elsa avec difficulté, je ne sais pas quoi dire pour établir son lien de parenté.

Qui sommes-nous les uns pour les autres ?

Long silence. Ramon maîtrise ses œillères en se déplaçant comme un automate rouillé. Le cœur d'Elsa va sortir de sa poitrine, c'est ma chemise qui le retient et je n'en suis pas peu fier.

61

J'ai accepté de suivre Zoé n'importe où pourvu qu'on sorte de la maison. Pour nous mettre à l'abri des murs qui nous connaissent trop bien. Que j'ai mis des années à laver d'elle. Je cherche du vent. Je ne dirai rien tant qu'il ne souffle pas. Qu'il envoie nos paroles en l'air. Le ciel en fera ce qu'il voudra, deux ou trois nuages, basta. Que rien ne reste. Il nous faut une zone industrielle, des pelleteuses et du goudron prêt à ensevelir ce qui gronde. Une terre stérile capable de résister au jardin qu'elle pourrait semer rien qu'en ouvrant la bouche.

Il nous faut un terrain vague.

Le vent ne souffle pas. Silence. On marche côte à côte, je ralentis pour tenter de rompre les kilomètres de fil qui me retiennent à elle depuis toujours.

Rien à faire, je le vois danser et s'entortiller entre ses chevilles.

Ma Zoé, ne pleure pas, je t'en supplie ne pleure pas. Ça fait des gouttes et ça creuse. Je ne sais pas faire avec les larmes. J'ai pas les bras faits pour. Tu es tellement grande.

Si tu te regardais dans ma tête tu rirais fort. Au pire tu piquerais un fard. Aucune raison de pleurer. Tu es mon chagrin. Si j'avais pu te coller un numéro de suivi je t'aurais pistée comme un précieux colis. Pour te regarder de loin, sans t'abîmer. Il ne se passe pas un jour sans que je pense à toi. Je prends ta température quotidiennement. Le Parisien *continue de me raconter comment vont ton cœur, ta réussite, ta forme. Ce matin il disait : Grosse fatigue nerveuse. Quand il me donne des nouvelles pas terribles j'aimerais penser à tous les autres Cancer destinés à cette journée de merde, mais je connais que toi alors je t'envoie des caresses. Je sais que tu les sens, peut-être que tu te grattes dans ces moments-là. Je n'ai jamais su ressembler à mes intentions.*

On se remet de tout. C'est ce qu'un type en noir m'avait dit le jour de l'enterrement de mon vieux. J'avais trouvé ça plus triste que le cercueil, les cravates, les petits-fours, tout ça… J'ai fermé les yeux en me souhaitant fort le contraire. Je voudrais ne me remettre de rien ni de personne. Ça n'empêche pas de vivre. De sourire avec toutes les dents. On peut couler des jours heureux avec ses vestiges.

Zoé, je ne me remettrai jamais de toi.

Je ne sais pas vers quel check point hasardeux on s'avance mais je le crains autant que je m'y prépare. Je la regarde en coin, ses idées s'entrechoquent, c'est un moulin à pensées. Je sais lire sur son visage. Elle fronce les sourcils et se froisse complètement, parfois elle secoue la tête pour corriger, façon ardoise magique. Elle efface et recommence, pour toucher au plus juste, le moment est précieux. Elle va me tuer.

Pour essayer de te sortir de mon crâne, je me suis foutue dehors. Je suis montée sur les toits avec la grande envie de me faire humilier par les étoiles. Me sentir minuscule et mon amour avec. Je me suis demandé combien la lune avait surplombé d'inconsolables sans bouger. Jamais vu plus arrogante. Si tu savais comme j'ai voulu te rencontrer par hasard. Tout le temps, tous les jours. Forcer un peu le destin, pour nous ramener à nous. Pour te ramener à moi. On aurait pu se vouvoyer. Manger côte à côte à des tables voisines. Se taper une entrecôte en même temps sans se dire qu'on la trouve bonne. Je prendrai comme le Monsieur ! Allez viens, on se rencontre par hasard. Passée, l'année fatidique. On oublie tout ce qu'on s'est dit et on renaît en se vouvoyant. Où est-ce qu'on n'est pas allé ensemble ? Qu'est-ce qu'il nous reste pour recommencer ? Le XIIIe. On n'y a jamais foutu les pieds, n'est-ce pas ? Je ne sais plus… Va pour le XIIIe. En hiver, je voudrais que ce soit l'hiver et de ta prophétie je garde que la date. Un 27. Pour le souvenir. Rendez-vous le 27 janvier 2017 20 heures, sur le banc de la place Paul-Verlaine. Tu notes ? Tu n'oublieras pas ? On ne peut pas se rater avec un banc et un poète.

Elle n'arrête pas de secouer la tête. Qu'est-ce qu'elle efface ? Qu'est-ce que je vais encore être incapable de recevoir ? Arrêtons-nous. Je n'en peux plus d'avancer.

Notre terrain vague ressemble dangereusement à un café. Encore des murs pour témoigner de notre passage. Elle entre la première.

Je prendrai comme elle et je ferai tout ce qu'elle dira.

62

Zoé se demande depuis toujours comment deux personnes qui se sont aimées peuvent un jour se retrouver face à face, sans que l'on puisse s'imaginer qu'elles aient partagé un moment de leur vie. C'est une question qui la démantèle autant que ceux qui prennent conscience de la fin du monde.

Et après ? Et après ? Et après ?

Elle pouvait passer des heures à me raconter comment ses parents se disaient bonjour quand ils étaient contraints de se retrouver tous les trois. Moi ça me faisait marrer parce qu'elle reconstituait le moment en imitant chacun d'eux : son père et son air coincé, sa mère et sa fausse décontraction, elle au milieu, les bras ballants. Elle me rejouait la scène, comme un détective qui reproduit les gestes de l'assassin sur la scène du crime pour en comprendre le mécanisme. Elle finissait toujours par cette conclusion consternante : *Non, mais tu imagines qu'ils ont baisé quinze ans ensemble et qu'une simple bise est devenue aussi éprouvante que l'ascension de l'Everest ?*

C'était son mystère. Il s'appliquait à toutes les formes d'amour et la tétanisait tellement qu'elle avait pris depuis son plus jeune âge toutes les précautions nécessaires pour que ça ne lui arrive jamais. Depuis l'école primaire c'est la plus classe des camarades. Ligne de conduite parfaite, pas question de bouder des vieilles copines pour des plus jolies, plus intéressantes, plus dans le vent ou je ne sais quoi. Résultat, au dîner « on se présente nos copains », je suis arrivé avec Ramon, elle, avec l'assemblée nationale. Un jour, je l'ai trouvée défaite. Elle allait quitter une amie. Sur le coup, je n'ai pas compris la gravité de la situation. Elle allait la quitter comme on quitte son amour. Elle était déterminée, le temps avait rendu sa copine idiote mais il lui fallait faire les choses correctement pour mettre fin à feu leur grande amitié. Elle a remercié la pétasse pour leurs années de bonheur, lui a promis de se souvenir d'elle toute sa vie et a prononcé un *au revoir* sensible qui scellait leur relation juste à temps avant qu'elle ne se dégrade, au point de se croiser un jour sans se regarder.

Avant moi, elle s'était juré d'aimer sous condition : soit un écrivain, soit un type du rez-de-chaussée (un écrivain qui habiterait au rez-de-chaussée, le pied total). Pour assurer ses arrières. En cas de divorce, il lui suffirait d'ouvrir un bouquin pour le retrouver un peu, en cas de besoin, elle pourrait se servir à l'œil en regardant par sa fenêtre. Alors il ne lui manquerait jamais.

Quand je l'ai quittée, j'ai rencontré les ravages du désespoir. Un truc pas joli à voir qui disloque jusqu'à supprimer complètement la dignité du corps humain. Zoé était un animal dépourvu d'instinct.

J'ai eu la trouille de ma vie.

Aujourd'hui, à cause de moi, elle se trouve au cœur de son mystère. Elle m'avait fait signer un papier lui assurant de détendre l'atmosphère et de nous ramener à la vie, si par hasard nous devenions sa hantise.

Alors que nous nous sommes aimés, nous voilà dans un café miteux sans trop savoir quoi nous dire. Tu te concentres sur le fond de ta tasse, peut-être dans un costume de cadre étriqué, et moi je n'ai pas changé, je veux juste me souvenir de nous. Je te fais lire ce bout de papier dont tu avais oublié l'existence, alors forcément tu souris. Quoi qu'il se soit passé pour que j'aie à te le faire lire, nous savons que nous nous sommes aimés, alors regarde-moi comme il se doit. Si c'est toujours difficile, souviens-toi que je sais que tu as peur dans le noir, que j'ai lavé tes slips et qu'un jour tu as vomi sur mes cheveux. Voilà, tu dois commencer à te détendre et à pouvoir me tutoyer. Si ce n'est toujours pas le cas tu m'autorises à te jeter à la figure tout ce que j'ai sous la main.

En même temps que je lis, je pense à Ramon que j'ai laissé avec Elsa et je me demande où ils en sont, eux aussi. Rien ne fonctionne, je me force à sourire. Ce papier me dérange profondément mais c'est la dernière fois que je la vois alors je ressuscite notre baiser à l'arrêt de bus, la rose plantée dans le réservoir de sa mobylette, le célèbre Boeing qui permet de se souvenir du code de son immeuble, la robe à fleurs qui s'ouvre dans le dos, les larmes devant le documentaire sur l'orque captif d'un parc en Floride, la nuit à attendre l'éclipse totale de Lune, l'engueulade devant le dernier JT de PPDA. Même la pastilla de sa mère a droit à son quart d'heure de célébrité. Je flirte avec les souvenirs assassins pour qu'elle me quitte sereine, certaine que jamais personne ne la laissera étrangère de ce qu'elle a été.

63

Aucun stéthoscope ne serait en mesure de déterminer lequel du cœur d'Elsa ou de Ramon bat plus vite que l'autre. Côte à côte, assis sur un canapé qui a pourtant tous les attributs pour que l'on s'y enfonce, ils se tiennent droits comme des i, paumes contre les genoux, fesses au bord du précipice, comme parés à sauter hors du confort et du moelleux sans que leur corps s'y soient véritablement préparés.

90 pulsations/minute.

Qui d'elle ou de lui imite l'autre ? Chacun, le regard fixe, loin devant, faisant oublier le manque de perspective qu'empêche le mur en face. Ils y projettent la même histoire. Ils se regardent en souvenirs, ceux d'Elsa ne parvenant déjà plus à restituer aussi bien qu'avant les traits du Ramon qu'elle a connu enfant. C'est elle qui dévisse la tête en premier, pour rencontrer ce que le profil droit de Ramon veut bien lui montrer. Un rideau de cheveux. L'extrémité de son nez. Un dos un peu voûté.

115 pulsations/minute.

Il n'existe rien de comparable aux retrouvailles, qui mélange mieux la peur à l'impatience. Ils sont au beau milieu de cette confusion qui empêche de respirer autant qu'elle accélère le rythme cardiaque. Ramon rêve de tourner la tête et de regarder ce qu'est devenue celle qui lui a appris à jurer, à parler javanais et à se faire tout petit pour éviter les claques. Il a peur de trouver dans son visage les traits de celui qu'il a mis un siècle à oublier. Peur de recommencer à faire des cauchemars et de décevoir ceux qui lui font confiance. Pourtant, sans tourner la tête, c'est lui qui brise le silence.

— Pourquoi tu parles d'une façon bizarre ?

148 pulsations/minute.

Elsa évoque le Québec comme un tour operator. Elle raconte les paysages, le nombre d'habitants au mètre carré, les baleines de Tadoussac, elle essore son patriotisme pour mieux rester dans les contours, dans la périphérie de ce qui les amène à se retrouver côte à côte, près de vingt ans après avoir partagé un drame qui les empêche de se regarder dans les yeux.

— Et Céline ?

Elsa lui demande de répéter, pas certaine d'avoir bien compris la question. Pas certaine d'avoir le droit de penser que le monument national a raison de la soudaine légèreté de Ramon.

154 pulsations/minute.

— Bah, Céline Dion, tu l'as déjà vue en vrai ?

Sans s'en rendre compte, Ramon tourne son visage vers Elsa, un sourire au coin des lèvres, impatient qu'elle lui raconte une anecdote dont il mettrait longtemps à se remettre. Alors Elsa ravale l'émotion qui l'envahit d'un coup pour ne pas laisser le sourire de Ramon retomber.

165 pulsations/minute.

Elle raconte une histoire qui commence comme un film que Ramon connaît par cœur. Un jus d'orange qui se renverse malencontreusement sur le T-shirt de Céline et l'obligation d'inviter la star à venir se changer chez elle. Comme elle raconte bien, Ramon veut y croire et l'encourage à continuer. Il pose mille questions pour qu'Elsa ne s'arrête jamais. Pour mieux rester à la surface, pour suspendre ce moment qui les amène à se retrouver côte à côte, près de vingt ans après avoir partagé un drame qui ne les empêche plus de se regarder dans les yeux.

185 pulsations/minute.

64

Je suis rentré à Montrouge en me préparant à découvrir un champ de bataille. Un, voire deux cadavres. Du sang sur le parquet.

J'ai trouvé Ramon en train de repeindre les murs de sa chambre. Il leur donne *de la personnalité*. Il me menace en même temps que tous les autres murs, armé d'un gros rouleau rose. Il paraîtrait que la maison est devenue triste avec le temps. Il faudra lui passer sur le corps pour l'empêcher d'y remédier. J'abdique.

La porte d'entrée claque, je sursaute en me demandant quand le vaudeville s'arrêtera enfin. C'est Elsa, des courses plein les bras. Ramon m'annonce que ce soir c'est *poutine*, en se marrant. Il a imité son accent, ça suffit pour le tordre. Je me laisse à rire en les regardant s'affairer, complices. Ramon fout du rose partout. Il vivra dans un bonbon et c'est tout ce qu'il mérite.

À table, comme une joyeuse fratrie abandonnée par des parents au théâtre, on laisse filer le fromage en tirant sur les frites. C'est dégueulasse et réconfortant. Je pourrais ne jamais m'arrêter. Éclater d'avoir englouti le Québec pour voyager un peu. Je m'arrête parce que ça sonne à la porte. J'en ai ma claque de vivre dans un moulin.

C'est un flic. Il n'a pas besoin de me faire son laïus. J'ai compris dès que j'ai vu l'affichette qu'une mégère brandit derrière lui en clamant justice et réparation. Le con. Mais quel gros con. Je comprends mieux les quantités de sonneries sur le téléphone que j'ai fini par débrancher. Je n'ai pas le temps de considérer la catastrophe qu'annoncerait la réouverture du casier judiciaire de Ramon pour rapt de singe empaillé, que la vieille chouette tord le cou pour plonger sa tête dans mon palais, à la recherche du coupable. Ramon en a déjà tout l'air, il est rouge de honte, figé par la peur et déjà prêt à balbutier des excuses que personne d'autre que moi ne serait capable de recevoir. Coup de théâtre. C'est sur Elsa que la vieille se rue. Elle n'a pas l'air du genre qui s'emmerde avec la présomption d'innocence, c'est une femme qu'elle cherche, Elsa fera très bien l'affaire. Pendant qu'elle lui hurle dessus en regrettant qu'on ne lui coupe pas les mains, Ramon s'efforce d'intervenir. Je lui fourre des frites dans le cornet pour qu'il se taise définitivement. La divine nous adresse un clin d'œil désarmant avant de poser délicatement son manteau sur ses épaules.

De dos, je la regarde quitter mes pénates en suivant le policier.

Déjà vu.

Ce même dos quittait la salle du spectacle de Marceline et je l'aimais avant de connaître le visage qui allait avec. Celui d'une Betty Boop mangeuse de frites et de *crottes de fromage*.

65

C'est Elsa qui l'a raccompagné à l'hôpital. Fini les vacances. Au type de l'accueil, celui à qui il manque une dent, il l'a présentée comme sa sœur. Je crois que ça a tout remis dans l'ordre. Ils se sont embrassés avec une grande pudeur, et le regard de Ramon chantait quelque chose de beau et incertain. Moi je l'ai serré fort avant qu'il s'en aille, ça l'a mis mal à l'aise alors il m'a tapé dans le dos, comme un bonhomme. Pourtant, un peu plus et je lui disais *je t'aime* mais il se serait douté de quelque chose, alors je l'ai serré fort et ça voulait tout dire. D'ailleurs je dis « serrer fort » mais c'est le même déguisement que les tapes de Ramon, en vrai je lui ai fait un câlin, basta. C'est sa première sortie d'essai qui se passe bien, il est en bonne voie mon champion. Je le quitte presque sur les rails. Un dernier petit coup d'accélérateur et il sera comme neuf.

J'ai écouté la bande toute la nuit, je me suis crevé les tympans comme à l'époque, toute la rue en a profité sans que j'aie peur de déranger. J'ai sorti mes carnets du piano, je les ai tous parcourus et j'ai ouvert la dernière enveloppe sous le matelas. Un aller simple direction Vierzon, un flingue sans prétention et mon dernier butin. J'ai eu le compas dans l'œil sur ce coup-là, pas un centime de trop. Dans l'enveloppe, j'ai été surpris par une carte postale prétimbrée, datée au jour de demain. Je n'en avais aucun souvenir, ça ne me ressemble pas. Pourtant c'est bien moi qui ai écrit ces quelques lignes.

Nous y voilà mamounette,

Tu dois avoir les bras en angles droits depuis toutes ces années à bercer les Indiens et moi j'aurai été le premier à venir m'y glisser.

Mille mercis.

Lettre d'adieu. Mystères. Je déteste ça et m'en excuse platement. Je n'aime pas les suicidés et encore moins leur cruauté à laisser d'interminables lignes derrière eux. Je ne sais pas quelle fin on me réserve mais elle ne retournera pas le cerveau de ma mère au point de passer le reste de sa vie à se demander où est-ce qu'elle a merdé. Aujourd'hui, de l'autre côté du globe, elle exporte sa douceur comme une matière première qui vaut tout le pétrole du monde. Les petits Indiens doivent se marrer à lui faire ses tresses, peut-être que là-bas, personne ne remarque qu'elle a des poils sous les bras et qu'en chantant une comptine soi-disant pour enfants, dans laquelle on pendouille Pierre, un petit âne crève seul et les matelots se font frire, elle sourit enfin.

Dans le train, j'ai pensé aux fils électriques qui balisaient mes voyages en voiture et je me suis surpris à retrouver mon vieux réflexe de serrer les fesses à hauteur de chaque poteau EDF. Je détestais partir, je n'ai jamais été aventurier. Je ne connais que la France, je devrais même dire Montrouge, Paris et leurs alentours. J'ai déjà foutu les pieds en Bretagne le temps d'une indigestion et à Trouville quelques heures seulement. Je me suis toujours débrouillé pour rester. Dans *la maison de Montrouge*. Dans ma cave. À Saint-Ouen. Dans ma vie. Je ne me suis pas bousculé, je n'ai jamais découché ailleurs que chez ma grand-mère, et si mes parents ont essayé de me faire dormir chez les copains que je n'avais pas, ils finissaient toujours par venir me chercher.

Je serre une dernière fois les fesses et me voilà en gare. Vierzon. L'impression d'être en Nouvelle-Zélande tellement je me sens loin. Je suis un enfoiré de Parisien qui fait le plein de clopes à la gare au cas où la province ne connaîtrait pas les tabacs. Je sais très bien où je vais : 6, passage du Crot à Foulon. Je fais ce chemin dans ma tête tous les soirs depuis le 14 janvier 2006. J'ai suivi le moindre changement du quartier, je suis l'architecte de l'ombre qui n'a pas quitté des yeux la maisonnette sur laquelle il va venir souffler très fort. Minuit, et le compte à rebours est lancé. J'ai juste le temps de manger quelque chose à la maison de Sarriouf, brasserie sur laquelle j'ai jeté mon dévolu des années plus tôt. Trois plats aux noms à rallonge plus tard, ça valse dans mon estomac et je m'engage pour une marche digestive. Place à l'improvisation, l'organisation digne du plus grand serial killer s'arrête là. Au moment où ça devient sérieux, j'ai toujours eu du mal à me projeter.

Ding Dong, happy birthday to me !

Il roupille ce beau salaud, bien au chaud sous son édredon pendant que mon Ramon fait des cauchemars. Certaines existences en annulent d'autres, et tant que celui-là respire, Ramon fait de l'apnée. C'est délicat pour la justice lorsqu'il s'agit de psychologie et c'est pour ça que les règlements de comptes font leur histoire en marge. Quand j'ai rencontré Ramon et son lourd bagage, j'ai inventé le ministère de la Vengeance. On y déposait des requêtes bien ficelées avec des termes qui se la cognent pour donner l'impression de faire les choses correctement. Un avocat exposait la demande de vengeance de son client et, si accord du juge, à sa guise d'y aller. Bien sûr on n'est pas des enflures, la personne visée par la demande de vengeance était tenue au courant et avait le droit de se défendre ou de fuir. Ainsi, on évitait la prison et les enquêtes interminables pour les justiciers comme pour leurs cibles.

Malheureusement pour lui, la politique ne m'a intéressé qu'un temps, mon ministère est resté à l'état de brouillon, personne n'a pu le tenir au courant et c'est mon flingue qu'il a sous le nez. Réveil difficile pour Monsieur. Je le rassure, normalement j'y passerai aussi, on est quitte de ce côté-là. Le plaisir que je ne lui offre pas alors qu'il me supplie, c'est de le laisser mourir peinard, comme mon père, en connaissance de cause. On ne s'est jamais vu et je l'aurais reconnu entre mille. Je ne peux pas m'empêcher de penser à Elsa, elle lui ressemble tellement que je tire une dernière fois mon chapeau à Ramon d'avoir pu la regarder dans les yeux. Fallait t'y attendre mon vieux, on ne torgnole pas la mère de mon pote sans conséquences. C'est quand même pas tes quelques années de placard qui t'ont laissé croire que t'avais payé ta dette ?

J'accuse : le colonel Poivrot, dans la cuisine, avec ses grosses paluches.

BANG !

Je fais moins le malin, j'ai eu beau m'imaginer ce moment des centaines de fois, j'ai le cœur en mousse et les organes liquides. Je vais dégueuler. Ça y est, je vais crever à Vierzon et ça me fout les boules. J'ai froid, j'ai un putain de froid de canard qui me souffle à l'intérieur. Sur le trottoir, pas une lumière n'est allumée. Personne ne bronche alors que je viens de refroidir un voisin. Peut-être qu'il m'attendait finalement, son repenti était là, dans cette ville où on peut se faire descendre sans lever de rideaux, pleine de vieux qui attendent leur heure sans se soucier les uns des autres... *Marceline, tiens bon ! T'es pas si vieille quand on y pense. Je te donne ma jeunesse et mes plus belles années, des tonnes de vie en l'air rien que pour couver mon frère.* Alors que je dégueule tout Sarriouf sur l'asphalte, je vois Samak se dandiner dans les arbres, il me fait marrer avec sa queue en point d'interrogation. *Tu es là, mon petit singe chéri ! Ça va pas fort de mon côté...* Il me regarde en se bidonnant. *Viens pas m'aider surtout !* Je lui crie dessus tout en propulsant des litres de blanquette *façon maître Pierret* dans les airs et y en a toujours pas un qui a ouvert sa fenêtre. Mon quatrième point de suture me brûle atrocement.

Ayrton Senna s'éclate sous l'épiderme et fait péter ma ligne de chance dans un geyser de sang. Je n'arrive plus à respirer. J'offre un feu d'artifice organique à Samak qui continue de se moquer. Je m'allonge parce qu'il fait chaud d'un coup. Je vomis la poutine, les profiteroles de Trouville, le melon plein de pastis, la part de clafoutis que Ramon a bien voulu me laisser, ce qu'il reste de la soupe qui n'est pas tombée sur la nappe quand j'avalais de travers… Je n'ai plus rien dans le bide et c'est un flot continu qui crépite dans ma bouche ouverte, sans autre issue que de couler lamentablement sur ma joue. Ça coince au niveau de la gorge. C'est un rocher qui m'étrangle. Je ne paierais pas bien cher de ma peau. Quand Samak me rentre la pâte au fond de la gorge, je suis déjà loin.

Merci l'ami, c'est un peu tard.

66

Voici la fin
Mon bel ami
Voici la fin
Mon seul ami, la fin

De nos plans élaborés, la fin
De tout ce qui a un sens, la fin
Incertaine et sans surprise, la fin
Je ne te regarderai plus jamais dans les yeux

Voici la fin
Mon bel ami
Voici la fin
Mon seul ami, la fin

Cela me peine de te laisser partir
Mais jamais tu ne me suivras
La fin du rire et des doux mensonges
La fin des nuits où nous avons voulu mourir

Voici la fin[1]

1. The Doors, « The End », 1967 (extraits).

67

Quand ses yeux gonflés ont déboulé à l'hôpital, le médecin lui a tendu un petit bac en fer d'un air très sérieux. Dedans, il y avait une longue pince chirurgicale et l'œuf de plastique jaune. Il a expliqué qu'un Kinder avait eu raison de moi, sans rire une seule seconde. Je suis cliniquement mort mais c'est à Ramon de se décider à bien vouloir me débrancher. Venant d'un type qui caresse des voitures, je n'ai plus qu'à prier pour que ma mère débarque rapido. Avec elle ce sera vite fait. Ramon caresse le trou qu'a laissé la cicatrice sur ma joue.

— Pourquoi ?

Parce que mon pote, toutes les bonnes choses ont une fin. Les mauvaises aussi. Tu vas comprendre.

— Tu vas pas me laisser tomber, hein ? Tu me fais une blague… comme dans *Dumb & Dumber*. Trop marrant.

Pleure pas Ramon et mouche-toi c'est dégueulasse.

— Qu'est-ce qu'il va me rester si je suis seul au monde ?

Le monde.

— Tu peux te réveiller s'il te plaît ? Ça me fait pas trop rigoler. Allez, à trois t'ouvres les yeux. Un… Deux… Deux et quart… Deux et demi…

Tu sais compter jusqu'à combien ?

— Si tu te réveilles, je ferai tout comme tu veux. Promisjurécraché.

Tu craches je te bute.

— Je mettrai plus jamais de jupe. Je dirai bonjour Monsieur. Fort bien, ma foi. Cordialement. Joyeuses fêtes. Mettez m'en cent grammes. Santé. En vous priant d'agréer l'expression sincère... l'expression des sentiments... l'expression sincèrement distinguée... Je me souviens plus ! Je vais apprendre. Je te le promets. Regarde, je peux même me couper les cheveux pour te faire plaisir.

Pas le scalpel, Ramon.

— Tu vois ? Tu vois comme je ressemble à tous les hommes si je veux ? Ça te plaît ?

Beaucoup.

— J'peux prendre tes fringues sur la chaise ? J'te les rends après, c'est juste pour te montrer.

Tu es le plus beau du monde.

— Pourquoi y a du sang sur ta chemise ? On peut saigner du cœur ? Ça s'peut ? Hein, ça s'peut ?

Soulève pas le drap, je suis à poil.

— Non, ça s'peut pas. Tu vois ? T'as rien. Allez debout ! Faut que je rentre, moi, ils m'ont laissé sortir comme un grand, sans que t'aies à venir me chercher. Ils ont dit que j'étais libre de faire ce que je voulais... Tu me dis bravo ? Merde ? Un truc ! Dis un truc !

Calme-toi, y a un type qui n'a pas l'air content.

— Monsieur, retirez immédiatement ces vêtements et suivez-moi !

Ramon, t'entends ? Il t'a appelé Monsieur.

— Quitte pas, je reviens.

Ramon a suivi le flic sans trop comprendre ce qu'il foutait dans un hôpital. Quand il m'est revenu une heure plus tard, la métamorphose venait de commencer. Comme si un savant fou l'avait dupliqué pour en proposer une version améliorée. C'est ça. Le même, en mieux. Je ne serais pas capable de dire quoi exactement mais tout son capital bonheur bloqué sur un compte en Suisse depuis des décennies a envahi son visage. Il m'a regardé comme s'il venait de découvrir son complice et le pourquoi de mon câlin. Il s'est assis près de moi et a porté l'œuf à sa bouche. En me regardant, il s'est ravisé et a fait un petit effort pour le dévisser à la main. Sur la tête de ma mère, l'œuf meurtrier abrite une version plastique et miniature de Samakalé. Un singe vert en position allongée qui a l'air de se dorer la pilule, un bras sous le menton. Ramon l'embrasse tendrement avant de le déposer dans ma main. Il referme mon poing dessus pour que je le garde précieusement, comme une amulette qui me suivra où que j'aille. C'est toute sa vie jusque-là qu'il me met entre les mains et je peux jurer qu'au plus profond de la terre je continuerai de serrer le poing pour qu'elle ne revienne jamais le hanter.

Les pas de ma mère. Je les reconnaîtrais entre mille. Tango calme. Ce rythme me ramène loin, loin, dans ses bras, je suis microscopique et vierge de tout. Je n'aurais jamais supporté de perdre ma mère parce que, le jour venu, c'est avec elle que j'aurais aimé parler de son absence.

À force de les avoir bloqués par un tour de passe-passe neurologique, mes souvenirs jaillissent dans une hémorragie au débit infernal. Ils ressurgissent avec précision, ils me prennent d'assaut et je suis bien trop mort pour me boucher le nez. Tout y passe, que c'est long une courte vie, j'en ai pour toujours à ce rythme-là. C'était pas des conneries. À la fin on reprend vraiment depuis le début. L'enfer.

Premier souvenir. Je suis un koala, accroché au thorax de mon père. C'est son manteau qui m'enveloppe et le deuxième bouton qui me retient. Ses semelles frappent le sol. Bercé par la cadence, je somnole dans le cachemire et je voudrais que le tabac recule à mesure qu'on avance. Que le voyage ne s'arrête jamais. Que ce petit matin qu'on vole au reste du monde ne se soit levé que pour nous. Je voudrais ne jamais connaître mes jambes. Je n'aurais pas besoin de courir ni de sentir le vent. Je voudrais rester accroché là sans faire de bruit, sans déranger personne. Je voudrais qu'on m'oublie.

À faire du crawl dans ma mémoire, les données m'éclaboussent. Ramon ne tarde pas à tourbillonner dans mon crâne. Il m'inonde de tendresse, il me pleut toute sa douceur à l'intérieur. J'ai de quoi pisser un torrent qui laverait le monde de sa honte.

Regarde-toi, Ramon, comme tu étais petit, comme tu étais peureux. C'était il y a mille ans. Rentre à la maison. C'est chez toi maintenant. Tu peux faire ce que tu veux, mettre de la couleur sur les murs, dévisser toutes les ampoules. La brûler entièrement pour te construire la tienne. Trouve-la ton île. Ton origine. Tu viendras de là où tu as construit. Invites-y Zoé et embrasse-la tous les jours, mes beaux dommages, tenez-vous chaud. Apprends-lui la douceur des hommes. Rends-la éternelle. Parle-lui de ton enfance, d'aujourd'hui et de plus tard. N'aie jamais peur de lui faire de la peine. Tu pourras même lui parler de moi. Elle en aura aussi des histoires. Ne te mets pas en colère. Elle aura chaque fois raison. Vous pourrez faire mon puzzle. Me mettre dans tous les sens.

Nos vies ne sont jamais mieux racontées que par les autres.

Merci à :

Ben, Roman & mon cousin Pierre.

Monsieur Sack.

Ninon & Nelly.

Ami.

Zoé, Lalie, Elsa, Joséphine, Jade, Zoé G., Juliette, Wladimir, Pierre, Romain, Héloïse, Antoine, Michael, Jennifer, Clémence, Isa, Pierre-André, François et son chartreux.

Saskia, Lucciana, Marie, Constance, Christophe, Elina, Emma, Paul, Tomas.

Jeff Wall.

Lisa Liautaud.

Samuel, infiniment.

La couverture de *K.O. debout* a été imprimée
avec le Pantone fluo 803 et pelliculée Soft Touch ;
la police utilisée est Elle Gabor Light,
créée par Peter Gabor.
L'ouvrage, composé en Berkeley Old Style,
est imprimé sur papier Lac 2000.

Cet ouvrage a été composé par
Nord Compo à Villeneuve-d'Ascq

Achevé d'imprimer : décembre 2016

Dépôt légal : janvier 2017
N° d'impression : 1605269
Imprimé en France